KB070027

유―미기

시티-뷰

제14회
혼불문학상
수상작

우신영
장편소설

다산
책방

차례

신도시

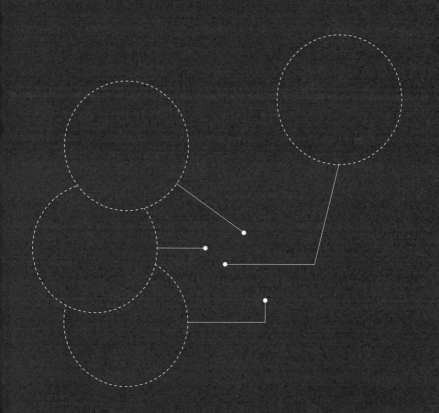

살고 싶은 도시, 그게 이 도시의 다른 이름이다. 바다를 메워 만든 이 도시에는 없는 것이 많다. 그늘진 곳이 없고 오래된 것이 없고 모호한 데가 없다. 그것이 역설적으로 이곳을 살고 싶은 도시로 만들어준다.

아찔한 유리 빌딩들이 반사판처럼 정오의 태양열을 뿜어준다. 젊은 연인들의 입술은 주름 없이 반들대고, 칼같이 구획된 도심엔 비등점의 열기가 꿈틀거린다. 빛의 아지랑이를 토해내는 마천루 숲에서도 단연 압권은, 거대한 와인 통을 닮은 호텔 오크우드. 68층에 달하는 마천루의 마름모형 꼭대기는 이 아름다운 인공 낙원을 조감하기 적절하다.

거기 위치한 파노라믹 바. 초고속 엘리베이터를 타고 도착한 그곳에선 18종의 오크바인이 당신을 반긴다. 어떤 것을 골라도 만족할 것이다. 매 순간 차별화된 감각을 약속하는 곳이니까.

와인 잔의 얇은 입술을 매만지며 서해의 붉은 노을을 감상해보자. 당신의 시야를 방해하는 것은 아무 데도 없다. 웅장한 일몰이 끝나고 나면 무대용 분장을 고치고 등장하는 요염한 야경. 색색깔 유리꽃의 만화방창萬化方暢. 이제 이 도시의 해피 아워가 시작된다. 몸을 뒤치는 물고기의 비늘처럼 반짝이는 조명 사이로 유리 빌딩들의 내부가 드러난다.

원한다면 그 안을 들여다봐도 좋다. 이 바의 이름은 파노라믹이니까. 첫 번째 잔을 비운 후 마음이 내키는 데를 보라. 국적이 없는 이 도시엔 그러나 욕망이 있다. 다른 빛깔의 눈동자들이 유창한 영어로 건배한다. 그들의 영원한 젊음을 위해 첨단의 테크놀로지가 준비되어 있다.

두 번째 잔을 비운 뒤 시선이 닿는 곳을 보라. 자연이 없는 이 도시엔 더 자연스러운 인위가 있다. 조각된 근육의 클라이머가 실내 암벽을 기어올라 피크를 정복한다. 지상에서 정상까지, 안전장치는 견고하고 진짜 추락은 불가하다.

마지막 잔을 비운 후 유리창에 비친 당신을 바라보라. 거울보다 선명한 스크린, 실제보다 매혹적인 이미지. 이 모든 풍경은 인공 운하의 흔들리는 물결 속에 데칼코마니로 되비친다. 잠들지 않는 도시, 늙지 않는 도시, 자신만을 반사하는 도시.

당신의 한없이 투명한 시티 뷰를 위해 꼭 필요한 사람이 있다. 정상에서 지상까지, 그네비계를 타고 하강하며 유리를 닦는 남자. 그 남자의 허리에 감겨 있는 로프를, 당신은 보아도 좋고 보지 않아도 좋다.

1장

우아미 필라테스

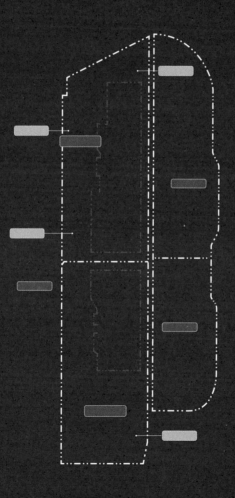

"천천히 한쪽 다리만 들어보세요. 아니, 아니에요. 복부에 호흡이 안 들어와 있어요. 코로 숨 들이마셔 보세요. 아직 안 들어왔어요. 호흡 제대로 안 하시면 백날 운동해도 소용없어요. 지금 복횡근 인지가 안 되고 있거든요. 호흡을 해야 움직임이 부드러워져요. 뻣뻣한 몸으론 뻣뻣한 동작만 하게 된다고요. 몸이 찌뿌둥하면 정신도 찌뿌둥해지고 존재 자체가 찌뿌둥한 느낌으로 이어지죠."

"그렇게 철학적인 자기도 제왕절개 한번 해봐. 복근이라는 게 남아나나."

"알아요. 저도 두 번 다 수술로 낳았거든요. 복직근이개 와서 필라테스로 극복했는걸요."

"어머, 자기도 수술? 몰랐네. 배에 임신선도 없고 튼살도 없어서. 애는 누가 낳았나."

회원의 몸을 만지고 있던 수미의 입가가 실룩거렸다. 산후조리원에서 나오던 미역국도 마다하고, 수유복 차림으로 코어 운동을 감행한 보람이 있었다.

"에이, 회원님만 하겠어요. 발레 하는 따님보다도 선이 고우세요."

"주은이도 자기 수업 너무 좋대."

"한예종 영재원 준비 때까지 제가 확실히 신경 쓸게요."

"자기만 믿어."

당근과 채찍을 함께 흔들며 센터를 관리하는 수미는 충성도 높은 회원들이 많았다. 한번 수미에게 일대일 수업을 받고 나면 이사를 가지 않는 한 이탈하는 법이 없었다. 어머니나 딸까지 끌고 와 삼대가 그룹 레슨을 받는 진풍경도 생겨났다. 송도 신도시에 편의점보다 많이 개업하고, 카페보다 많이 폐업한다는 필라테스 센터. 어지간한 규모의 전국 체인점이 아닌 다음에는 버텨내기 힘들 정도로 경쟁이 극악했다. 엄청난 이력으로 무장한 강사들로 고가 정책을 펼치거나 '8 대 1 수업 한 달 9만 원' 식의 염가 할인 경쟁을 벌이다 공멸하기 일쑤였다. 이제 5주년을 맞는 우아미 필라테스는 다른 센터 원장들이 염탐하고 갈 만큼 탄탄한 인기를 자랑했다. 센터 SNS 계정의 팔로워도 상당했고, 수미의 일거수일투족을 연예인처럼 동경하는 회원도 많았다.

"자, 이제 다리는 그대로 두고 상체만 분절해서 올라와보세요. 가슴을 닫는 게 아니라 열어야 더 견고해져요."

"아우, 이 동작 너무 힘들다. 예뻐지기 어렵네."

"계란말이 하나도 예쁘게 말려면 최선을 다해야 하는데 몸은 오죽하겠어요."

"나 이거 말고 캐딜락에서 행잉 한 번 하면 안 돼? 사진 한 장만 찍어줘."

"제가 수업 중에 사진 찍어드리는 건 자세 확인하고 인지하시라는 의미예요."

"그러지 말고. 오늘 뉴스 보니까 연예인 그 누구도 필라테스 하는 사진 올렸던데 근사하더라. 나도 한 장만 찍어줘."

"알겠어요. 그럼 다음 수업 땐 꼭 잭나이프 동작도 성공하시기예요."

"그럼."

말이 짧고 클레임이 취미인 회원이었지만 센터 개관 때부터 장기 고객이었다. 비위를 맞춰줄 필요가 있었다. 1년 이상 센터에 다니고 있는 고객들에게 수미는 백화점 1층에서 사 온 샤넬 로고의 핸드크림을 선물하곤 했다. 9만 원에 샤넬을 가질 수 있는 건 핸드크림이 유일했으니 효율적인 소비였다. 2년이 넘어가면 불리의 보디로션, 3년이 넘어가면 크리드 향수, 4년이 넘어가면 에르메스의 스카프 링.

지금 이 회원은 스카프 링급이었다. 억지로 만들어낸 행잉 자세로 찍은 사진을 회원은 SNS에 실시간으로 게시했다. 50분에 10만 원이 넘는 원장 레슨의 10분을 이런 식으로 소모하다니. 돈이 썩어나나. 필라테스 센터를 체육 시설이 아닌 사진관으로 알고 오는 회원들을 수미는 싫어했다. 게으른 관종들.

50분 수업을 꽉 채워주었는데도 딸 얘기를 더 나누고 싶은 눈치였다. 바로 다음 수업이 있어 짜증이 치밀어 올랐다. 고맙게도 워치에서 알림 화면과 함께 벨 소리가 울렸다.

"자기 바쁜가 봐. 전화받아. 목요일 수업 때 또 얘기하자구."

"네, 고생하셨어요. 경진 회원님, 여기 출석부에 사인만 부탁드려요."

데스크에 앉아 있던 하윤에게 눈짓을 했다. 그는 준비해두었던 출석부를 펼치는 동시에 새니타이저 바구니를 꺼내 들었다. 수업과 수업 사이 몸이 닿았던 기구들을 소독하는 것은 코로나 이후 센터의 중요한 업무가 되었다. 재바른 하윤의 몸짓을 흐뭇하게 바라보며 수미는 워치의 페이스를 눌러 전화를 받았다.

"이모님, 어쩐 일이세요. 제가 또 수업 들어가야 되어서……."

"사모님, 어떡하면 좋아요."

숫제 우는 목소리의 옥란이었다.

'또 시작이네.'

한숨 대신 나직한 목소리로 내뱉었다.

"어서 말해보세요."

"그게…… 오늘 영훈이 유치원에서 하원시키는데 머리가

너무 길지 뭐예요. 친구들 사이에 있는데 그 잘생긴 얼굴이 추레해 보이더라고."

"기르는 중이라고 말씀드렸잖아요. 주말에 파마시킬 거예요."

"아유, 남자애가 무슨 파마. 이 집은 참, 아버지는 수염 기르고, 아들들은 머리 기르고……."

옥란이 선을 넘었다.

"이모님, 결론만 말하세요."

눈치 빠른 옥란이 목소리에 울먹임을 더 섞는다.

"끝만 조금 골라주려고, 진짜 조금만 골라주려고 가위를 댔는데 아, 그때 하필 영훈이 아이패드가 꺼지는 바람에……."

"유튜브 보여주셨어요? 안 된다고 했잖아요."

"하루에 딱 30분……."

"암튼 그래서요."

"영훈이가 아이패드를 내던지는 바람에 가위가 잘못 나갔지 뭐예요."

"뭐라고요?"

"귀 끝에 스치기만 했어요. 피가 나긴 하는데 아프진 않대요. 아무튼 어떡해요, 사모님. 제가 죽일 년이에요."

다음 수업 회원이 탈의실에서 나오며 인사를 했다. 마주 웃어 보이며 수미는 이성의 끈을 잡았다.

"애 귀를 자르셨어요? 뭘로요? 주방 가위로요? 택배 뜯는 가위로요?"

옥란은 말이 없다. 습관이 된 흉곽 호흡을 크게 했다.

"일단 구급상자에 있는 소독약 바르시고요, 아이 아빠 바로 집으로 보낼게요. 처치해줄 거예요."

"죄송해요, 사모님."

"크게 다친 건 아닌 듯하니 너무 자책하지 마세요."

대범한 척을 하며 전화를 끊었다. 함부로 화를 내서는 안 됐다. 남자아이 둘이 있는 집, 그것도 한국인 입주 시터. 봉황이나 유니콘보다 만나기 힘든 존재였다. 영훈은 통잠을 자지 않아 여러 도우미를 도망가게 만든 전력이 있었다. 낮에는 그렇게 예쁠 수가 없었는데 밤만 되면 흑요석 같은 눈동자가 말똥거렸다. 지훈은 지훈대로 머리 좋은 애들이 그렇듯 예민했다. 맨발로 하는 운동이 싫다며 태권도를 거부했다. 워킹맘의 구세주인 태권도 학원을 제외하면 이 동네엔 셔틀을 운행하는 학원이 드물었다. 온갖 레벨 테스트로 무장한 콧대 높은 학원들이었다.

지훈은 문제집 풀 때 고집하는 일제 샤프를 못 찾거나 새 책에 구겨진 자국이 생기면 진도를 못 나가곤 했다. 사람들 입이나 머리에서 나는 냄새도 못 견뎠다. 퇴근한 수미는 꼭 샤워를 마치고 지훈을 안아주었다. 막상 아이는 그런 식의 밀접한

우아미 필라테스

접촉을 좋아하는 것 같지도 않았다. 아빠의 뽀뽀도 수염이 따 갑다며 거부했다. 옥란이 아침 여섯 시마다 물 치실을 써가며 양치하기 시작한 것도 지훈에게 무안을 당한 이후부터였다. 수미는 그 양칫물 뱉는 소리가 침실까지 들리는 게 질색이었 지만.

아무튼 옥란은 6년째 버텨주고 있는 고마운 존재였다. 월 350만 원에 금요일 퇴근마다 교통비 3만 원, 명절과 생일엔 용 돈까지 받아 갔다. 그전에 썼던 조선족 도우미보다 1.5배 비싼 시세였다. 하지만 옥란 없이 수미가 센터를 이 정도로 운영해 올 순 없었을 테니 업고 다니래도 할 말이 없었다.

평생 무용 교사로 여고생들에게 시달리다 퇴직한 친정 엄 마에게 부탁할 염치도 없었고, 배를 타고 들어가야 하는 덕적 도의 시아버지는 없느니만 못했다. 돌잔치 때 기묘한 옹알이 를 하는 지훈을 보고 그렇게 왜 조선족 여자를 써서, 중얼거리 던 시부의 말이 아직도 수미의 가슴에 맺혀 있었다. 그 말 한 마디에 다음 날 바로 시터를 잘랐다. 석진의 예과 시절 죽었다 는 시모는 만난 적도 없었다. 사진 한 장 없냐고 재우쳐봐도 석진은 묵묵부답이었다.

검진의라는 직업 특성상 퇴근이 빠르고 눈치껏 아이들을 돌보는 남편 석진에겐 딱히 불평할 게 없다는 점이 불만이었 다. 저승사자 앞에서도 뚱할 인간. 적잖은 벌이의 일부를 섬에 보내는 눈치였으나 그 정도로 남편의 자존심을 긁을 만큼 수미가 쩨쩨한 성미도 아니었다. 결혼식을 올리던 10여 년 전에도, 병원 개원을 준비 중인 지금도 수미의 친정에선 딸의 자존심은 세우고 사위의 자존심은 긁지 않을 정도의 선을 지키며 물심양면 도왔다.

사정없이 진동하는 파워플레이트에 서서 몸을 풀고 있는 회원에게 다가가며 메시지를 전송했다.

—자기, 응급 상황. 이모님 대형 사고. 빠른 귀가 부탁. 난 학부모 총회.

메시지에 쓴 저녁 일정은 거짓이 아니었다. 하지만 말하지 않은 사실은 있었다.

오늘은 주니의 저녁 수업이 없는 날이었다. 오후 여섯 시부터 열 시까지가 피크 시간인 헬스 트레이너들에게는 드문 일이었다. 오랜만에 그를 만나 서로의 회원들을 실컷 욕하며 스트레스나 풀 작정이었다. 그러고 나면 늘 그렇듯 함께 샤워를 하며 몸도 풀고. 남편 앞에서는 맨얼굴을 드러내지 않았고 집에서도 긴장이 풀리지 않게 타이트한 원피스 차림을 고집했다. 6년째 몸뻬 바지 두 개만 돌려 입는 옥란은 수미의 옷차림을 보고 불편하지 않냐고 묻곤 했다. 불편한 게 예쁜 거라는 명제를 엄마에게 조기교육받았던 수미는 미소로만 답했다. 그런데 주니 앞에선 부끄러울 게 없었다. 십의 자릿수가 둘이나 적은 주니의 나이도 오히려 뿌듯했다.

스물다섯부터 에스테틱에서 정기적으로 관리받아 온 수미의 얼굴은 그때와 크게 다르지 않았다. 푹 팬 볼살과 성글어진 머리숱 때문에 친구들이 출산 후 우르르 포기한 긴 생머리도 얼마 전까지 유지하고 있었다. 재능의 한계를 수용하고 그만두긴 했지만 다섯 살부터 10년 넘게 발레를 했던 수미였다. 그래픽 디자이너나 승무원을 하다 코로나 때 직장을 잃고 필라테스 자격증을 딴 강사들과는 다른 무언가가, 그러니까 뼈에 새겨진 가락이랄까 하는 것이 수미에겐 있었다. 꾸준히 해온 각종 운동들—스키, 골프, 폴 댄스, 플라잉 요가—로 다져진 몸선과 체력도 자신 있었다. 어느 날 마사지를 받고 오일을 닦다 전신 거울에 비친 제 뒷모습을 발견하기 전까지는.

여전히 나긋하고 아름다운 몸이었다. 하지만 미묘하게 무언가가 무너져 내리고 있었다. 아니 무너지기 직전의 분위기를 풍기고 있었다. 발작적으로 휴대폰의 플래시를 켜서 하체를 비추었다. 거울 속 몸이 달처럼 새하얗게 발광했다. 거기서 기어이 충격적인 것을 보고 말았다. 동그랗고 단단한 두 쪽의 엉덩이 아래 귤껍질처럼 오그라들기 시작한 셀룰라이트. 고강도 운동과 HPL 주사로도 해결이 안 되는 그 셀룰라이트 때문에 수미는 주니에게 후배위를 허락하지 않았다.

오늘은 어떤 체위를 시험해볼지 생각하며 수업을 마무리한 수미는 회원이 탈의실로 들어가자마자 웃음기를 지운 채데스크로 다가갔다. 의자에 걸쳐놓았던 후드 티를 보라색 브라톱 위에 입었다. 후드 티 등판에는 송도를 상징하는 외국인학교의 이니셜이 크게 박혀 있었다. 갯벌을 메워 만든 이 휑한바닷가 도시로 특A급 연예인들을 이사 오게 만드는 학교. 일단 한 아이만 입학시키면 다른 아이는 시블링 전형으로 쉽게들어설 수 있다는 교문, 조부가 교육비로 10억을 내줄 수 있을때 입학해야 한다는 그곳. 이제 웬만한 학교들은 꿈도 꿀 수없어진, 정식 학력 인가 권한을 가진 몇 안 되는 외국인학교.

학부모 총회에 나가보면 오트 쿠튀르 드레스에 걸맞은 미모의 사모들이 생뚱맞은 후드 티를 걸치고 있었다. 그 티셔츠를 입은 채 그들은 스크린골프를 치고 해외 주식 정보를 교환했다. GAP 느낌의 허름한 소재지만 돈만 있다고 가질 수 없는, 그래서 진짜 명품인 티셔츠였다. 아닌 게 아니라 이걸 걸친채 킥보드를 타고 다니는 아이들이나 레인지로버에서 내리는여자들은 부러움 섞인 시선을 받곤 했다.

헐렁한 후드 티 안에 쏙 들어간 수미는 똑떨어지는 클레오파트라 단발과 일자 눈썹 때문에 20대라 해도 믿을 정도였다.데스크에 앉아 있는 막내 강사 하윤과 비슷한 또래로 보였다.

"하윤 샘, 나 오늘 일찍 퇴근할게. 센터 좀 부탁해."

"네, 원장님. 아, 참. 오늘 면접 보러 오기로 했던 사람은요?"

"못 온대. 다른 요가원에 합격했대."

"요가원이요?"

"요가 자격증도 있다나 봐. 요가원이 자기 집이랑 더 가깝대."

"아⋯⋯."

퇴근 후 오는 직장인 회원이 많아 야간 근무를 피할 수 없는 만큼 강사들은 집과 가까운 센터를 선호했다.

"걱정 마시고 퇴근하세요. 아까 전화받으시는 거 보니까 또 심란한 일 있으신 거죠?"

"내 맘 알아주는 건 우리 하윤 샘밖에 없어. 자기 정말 물 건너 시집가야 돼? 한국에도 남자는 차고 넘치잖아."

"저도 아쉬워요, 원장님."

보기 드물게 진국인 아이였다. 오래 데리고 있을 작정이었는데 클럽에서 만난 군인을 따라 미국으로 가게 되었다고 했다.

"나 이제 국제 연애 하는 강사는 안 뽑을 거야. 자기처럼 외국으로 시집가버리면 나는 어떡해."

"죄송해요. 저보다 좋은 강사 뽑으실 거예요. 우리 센터 분위기 좋아서 인기 많잖아요."

새 강사를 뽑는 일은 입주 도우미 구하는 것만큼이나 쉽지 않았다. 그러고 보니 얼른 도우미 업체에도 연락을 해봐야 한다. 센터 문을 나서면서 워치에 대고 말했다.

"신성 인력개발소 전화 연결해."

시리가 영롱한 목소리로 답했다.

"신성 인력개발소 전화 연결하겠습니다."

사람 많은 엘리베이터에서 내려 주차장의 레인지로버에 올라타자마자 수미는 새된 목소리를 냈다.

"도우미 교육을 어떻게 하시는 거예요? 엄마 허락 없이 머릴 잘라놓은 것만 해도 해고 사윤데, 소독도 안 한 가위로 귀를 잘랐다고요. 이거 어떻게 책임지실 거예요? 어떻게 보상하실 거냐고요. 말씀 좀 해보세요."

어느새 수미는 자신이 응대하던 회원들의 클레임 화법을 따라 하고 있었다. 개발소장은 이런 일에 익숙한지 침착하게 받아넘겼다.

"고객님, 그래도 6년이나 큰 이슈 없이 지내지 않으셨습니까. 계약서에 적힌 대로 해고 통보는 한 달 전에 하셔야 하고요."

"내 아이 다치게 한 사람이랑 한 달이나 한집살이를 하라고요?"

"영 꺼려지시면 한 달 치 월급을 퇴직금 조로 쥐여주시고

즉시 바이바이 하시는 방법도 있지요."

어차피 입주 도우미를 해고할 땐 두 달 치 월급 정도의 금액을 건네는 것이 이 동네 엄마들 사이에 공유되는 불문율이었다. 수미의 침묵을 긍정으로 해석한 개발소장이 말을 이었다.

"왜 한 사람 너무 오래 쓰지 말라는 업계 룰도 있잖습니까. 몇 년 부대끼다 보면 입의 혀처럼 굴던 이들도 버릇이 나빠지니까요. 점점 선 넘고 안주인 노릇을 하기도 하고요. 이게 국적이 같고 언어가 통해서 더 문제되는 면도 있어요. 저희가 이번엔 필리핀 시터로 구해드릴게요."

나쁘지 않은 생각이었다. 엄마들 모임에서도 영어 교육 때문에 필리핀 도우미로 교체했다는 이야기들이 흘러나오곤 했다. 언젠간 자신처럼 아들들도 유학을 갈 테니 서둘러서 나쁠 건 없었다. 첫째 지훈의 나이를 생각하면 늦은 걸지도 모른다. 영훈의 귀가 다친 건 노할 일이었지만 제법 자란 아이들에게 입주 시터가 더는 필요 없기도 했다.

친정 엄마도 수미만 보면 도대체 언제까지 입주를 쓸 거냐며, 너도 네 살림을 할 줄 알아야 한다고 타박했다. 사람을 부려도 제 살림을 알고 부리는 것과 모르고 부리는 것은 천지 차이라고, 호구 잡히지 말고 안주인 노릇 제대로 하라고 단도리를 했다. 애교가 많고 생활력이 강한 옥란을 친정 엄마는 처음부터 못마땅해했으니까.

"손주들 직접 봐주지도 않으면서 이모님 욕을 왜 그렇게 해. 임옥란 여사는 내 구세주라고. 아님 내가 어떻게 이만큼 오래 일했겠어."

자신도 옥란이 다 맘에 들진 않았지만 친정 엄마 앞에선 괜히 그녀의 편을 들게 됐다.

"흥, 그 여자 머릿속에 붙여시 아홉 마리가 들었다. 너같이 물러터진 사모 만난 것도 그 여자 복이지. 하루 종일 애들 학교며 학원 보내놓고 그 넓은 집에서 제 맘대로 살잖니. 일이야 로봇청소기랑 식기세척기, 세탁건조기가 다 하지. 우리 돈으로 호강은 그 여자가 하는 셈이야."

"엄마도 평생 딸내미 팬티 한번 개본 적 없으면서."

"시끄러, 바보야. 한 사람 계속 쓰는 거 아니야."

혀를 차던 엄마의 얼굴을 떠올리며 개발소장에게 말했다.

"생각해보죠."

"배상 문제도 걱정 마세요. 저희가 보험에 가입되어 있으니 진단서와 병원비 영수증만 보내주시면 처리해 드리겠습니다."

"푼돈 받으려고 드린 말씀이 아니에요. 저도 나름 이모님과 정도 들었고……."

"왜 안 그러시겠어요."

묘하게 비아냥대는 말끝이다. 더 말씨름할 시간이 없다.

"되는대로 빨리 필리핀 시터들 명단 보내주세요. 신원증명

서랑 건강진단서, B형, C형 간염 검사 결과서도요. 프로필 본
다음 서너 명 면접을 보죠. 너무 어려도 안 되고 늙어도 안 돼
요. 생긴 건 좀 수수했으면 좋겠고. 영어 실력은 말할 것도 없
고요. 그것 때문에 필리핀으로 하는 거니까요."

수미가 속사포처럼 말했다.

"저희가 이 업계에서 필리핀 시터들 관리 제일 잘되는 걸
로 유명합니다."

"비용은 상관없으니 좋은 분으로 부탁드려요. 그럼 끊을게
요."

"네, 네. 사모님."

비용 이야기에 은근슬쩍 호칭이 고객님에서 사모님으로
바뀌었다. 전화를 끊자마자 수미는 시동 버튼을 눌렀다. 한 번
에 시동이 걸리지 않았다. 고장이 잦은 차였다. 오죽하면 도로
에 있는 레인지로버 절반은 고장 나 있고, 나머지 절반은 수리
받으러 가는 중이라는 소리가 있을까. 하지만 이 동네 엄마들
의 상징이 되어버린 차이기도 했다. 이유는 알 수 없었다. 그저
언젠가부터 늘 그랬다는 게 이유라면 이유일까. 주먹으로 버
튼을 내려치자 약간의 시간차를 두고 시동이 걸렸다.

"아, 운전면허도 있어야 한단 말을 깜빡했네. 갱년기 건망
증인가. 이따 다시 전화해야겠어."

중얼대며 차를 몰았다. 지훈의 학원 라이딩은 석진이 도맡

아 했지만 영훈의 영어 유치원 등하원은 옥란이 전담해왔다. 생계를 위해 1종 면허를 따고 백화점 셔틀을 몰았다는 옥란의 운전 실력은 수미보다 월등했다. 흔쾌한 마음으로 신형 아반떼까지 사서 안겨준 수미였다. 더 좋은 차를 사줄까 하다 선을 지켰다.

'퇴직금은 현금 말고 그 차 명의를 넘겨주면 되겠어. 병원 개업 때문에 현금 사정도 빠듯하니까. 그건 그렇고 갑자기 잘리면 이모님은 어쩌시려나. 둘째 아들이 청담동에서 발레파킹 한다고 했지? 이모님 벌이가 더 많았을 텐데.'

입만 열면 일본에서 게임 회사 다닌다는 장남 자랑이었고 시터 월급도 그 집값에 보탠 눈치였지만, 막상 며느리 허락이 안 떨어지는지 일본에 못 가본 옥란이었다. 지금의 수미 나이에 남편을 잃고 아들 뒷바라지를 한 옥란의 노년이 걱정되었다. 똑같이 아들만 둘을 둔 자신은 어쩌려나, 생각하니 초음파 검사로 영훈의 성별을 확인했을 때처럼 우울해졌다. 자매 같은 딸과 팔짱을 끼고 백화점 식품관을 도는 게 수미의 로망이었기 때문이다.

헬스장이 있는 건물 주차장으로 진입했다. 운전석 위 거울을 내려 얼굴을 확인했다. 헤어라인과 눈썹, 아이라인 반영구 시술과 입술 문신, 속눈썹 펌을 마친 얼굴은 하루 종일 새것 같았다. 파우치를 열어 주니가 선물한 귀고리를 꺼내 달았다.

'얘는 귀엽긴 한데 취향이 엉망이야.'

마흔 넘으면 옷은 보세를 입어도 보석은 좋은 걸 해야 한다는 게 수미의 신조였다. 지난 화이트데이에 주니가 내민 귀고리를 보고 수미의 동공이 커진 것도 당연했다. 강아지 모양의 핑크색 귀고리는 조숙한 고등학생이나 가난한 대학생 커플을 겨냥한 중저가 브랜드의 시즌 상품이었다. 도금 알레르기가 있다는 핑계로 귀고리를 하지 않자 삐친 티가 역력했다. 결국 파우치에 담아 다니다 데이트 직전에 착용하곤 했다.

무릇 귀여운 것들을 누리려면 대가를 치러야 한다. 기회비용에 인색하지 않은 것은 수미의 장점이었다. 귓불에 강아지 두 마리를 매단 제 모습이 거울에 비치자 수미는 헛기침처럼 흐흐흣 소리가 터져 나왔다. 웃음 끝에서 쓴맛이 났다. 강아지 문제로 옥란과 대립각을 세웠던 기억이 떠올랐기 때문이었다.

때는 작년 가을이었다. 침실보다 서재에서 밤을 보내는 일이 잦아진 석진을 보며 깜짝 선물을 준비하기로 마음먹었다. 한창 젖먹이들 때문에 정신없을 시기가 지나자 몸은 편해졌지만 부부간의 대화거리는 빈곤해졌다. 분유 먹일 타이밍과 아이 대변 상태, 기저귀 재고량 같은 화제가 사라지자 할 말이 없었다. 이게 말로만 듣던 권태기인가 싶었지만 겁은 나지 않았다. 석진은 권태기가 와도 여전히 건실한 남자일 것이다. 유년 시절 평화롭지 못했던 이들은 남들이 권태를 느낄 만한 순간을 오히려 갈망하니까. 그래도 이대로 지내긴 재미가 없었다.

어릴 때 그렇게 강아지가 갖고 싶었는데 못 키워봤다던 석진의 말이 생각났다. 때마침 송도의 펫숍에서 비숑 프리제가 유행하기 시작했다. 팔로워들의 피드에도 그 개가 그 개 같은 비숑들이 도배되기 시작했다. 공들여 휘핑한 생크림빛 모색과 풍성한 구름 모양 얼굴은 생물生物이라기보단 캐릭터 같았다. 아이들이야 기뻐 날뛸 것이고 석진은 뚝뚝하게 반응하겠지만 속으론 좋아할 것이다. 문제는 옥란이었다. 집을 비우는 시간이 많은 수미와 석진 대신 대부분의 시간 동안 강아지 수발을 들어야 할 당사자.

복잡한 걸 질색하는 수미답게 일단 석진과 함께 펫숍부터 갔다. 펫숍 쇼핑보단 유기견 입양을 해야 한다는 기사도 본 적이 있었지만 중고 명품도 안 사는 수미로선 누가 키우던 개를 들인다는 게 찜찜했다. 옥란의 동의를 구해야 한단 생각이 간헐적으로 들었지만 그럴 때마다 여긴 내 집인데 누구 허락을 받아, 하는 생각이 앞질렀다. 아무것도 모르는 옥란이 괜히 꽤씸하게 느껴졌다. 어디 감히 나를 고민하게 만드나 싶어 짜증이 났다.

쇼윈도에 전시된 강아지들 말고도, 안쪽 별실에 VIP견들이 따로 있었다. VIP견의 기준이 뭐냐고 사장에게 묻자 순혈

여부와 미모의 정도를 합산해 결정한다고 대답했다. 다리가 짧고 머리가 클수록 미견이라고 했다. 종아리의 길이와 두상의 크기별로 급을 나누던 발레 학원의 공기가 새삼 떠올랐다. 인간과 반대네요, 했더니 워낙 잡종이 많아서요, 그래도 모량이 많아야 하는 건 같죠, 하고 사장이 웃었다. 옆에 있던 석진의 표정이 굳어지는 것을 수미는 놓치지 않았다. 목하 탈모 중인 석진은 부쩍 머리숱과 수염 관리에 집착하고 있었다.

새끼 강아지를 데려와 초아라고 이름 붙인 첫날은 무난하게 넘어갔다. 석진은 빗을 주문한다 개껌을 주문한다 하며 휴대폰을 주물렀다. 아이들은 컵에 담길 만큼 작은 강아지가 불면 날아갈까 쥐면 꺼질까 아까워 만지지도 못했다. 옥란은 평소보다 말수가 적었지만 수미가 불러주는 주의 사항들을 메모까지 해가며 경청했다. 유기농 소고기 사료의 그램 수, 펫 밀크의 양, 비숑의 생명이랄 수 있는 털 빗질법, 슬개골 탈구 예방을 위한 영양제 급여량.

다음 날 수미가 퇴근했을 때, 집은 그야말로 개판이었다. 배변판 대신 대리석 바닥에 똥을 싸질러놓고 그 위에 주저앉은 초아가 낑낑대고 있었다.

"이모님, 이게 뭐예요."

"전 못 해요. 사모님."

"뭘요?"

"지훈이, 영훈이 키우는 건 제 일이지만요. 개 키우는 건 제 일이 아니에요."

"간단한 집안일도 계약 사항에 있는 거예요."

"계약서 그렇게 열심히 읽으시더니. 벌써 잊으셨어요? 사업하시는 분이라 꼼꼼하기도 하다 싶었는데. 거기 분명히 애들하고 관련된 것만 제 일이라고 적혀 있어요."

"초아는 아이들과 관련이 없단 뜻인가요?"

"아무튼 제 일 아니에요. 저 개 치다꺼리는요."

"이모님, 그렇게 안 봤는데 냉정하시네요."

"그런 말씀 마세요. 하루 종일 사료 주고 패드 갈아준 건 저라고요. 근데 싸도 싸도 적당히 싸야죠. 덩치는 쥐만 한 게 하루 종일 똥을 싸대니. 이건 애완견이 아니라 똥싸개라고요. 영훈이 라이딩 나가는데 뿍, 저녁밥 짓고 있는데 뿍, 아직 배 속도 안 여문 새끼라 그런가 묽기는 또 얼마나 묽은지. 물티슈 한 통을 다 썼다고요. 깔끔 떠는 지훈이 성화에 소독약이랑 탈취제까지 뿌려대려니 이거 뭐 하루가 저 개 똥 치우다 다 갔다 이 말이에요. 내일도 이렇다면 전 이 집에 못 있어요."

평소엔 곰살맞게 굴다가도 서늘할 만큼 당찬 데가 있는 옥란이었다. 해마다 그는 스스로 임금 협상을 요구했고 자신이 원하던 액수를 관철시켰다. 놀이터에서 접선하는 시터들의 커뮤니티가 있고 그곳을 통해 고용주에 대한 비교와 연봉 협상

전략의 공유가 이루어지는 모양이었다. 아파트 1층 헬스장에서 트레드밀을 뛰다 비슷한 복장과 머리 모양의 중년 여성들이 고만고만한 아이들을 대동한 채 수다를 떠는 것을 보고서야 알게 된 사실이었다. 각자의 아이들을 품앗이로 돌봐주며 은행 업무를 보고 오기도 한다는 소문이었다. 아파트 주민만 사용할 수 있는 사우나에 시터들이 출입한다며 민원을 넣는 노인도 많았다.

초아 이야기도 괜히 해보는 말이 아닌 게 분명했다. 수미는 입이 딱 막혔다. 상갓집에 갔다 뒤늦게 돌아온 석진은 이야기를 듣고도 묵묵부답이었다. 도움이 안 되는 인간. 결국 수미가 펫숍에 전화를 걸었다. 궁금한 게 있으면 24시간 문의하라던 펫숍 사장은 세 번째 통화에서나 연결이 되었다. 그새 그의 목소리가 싸늘하게 변해 있었다.

"계약서에 나와 있다시피 단순 변심에 의한 환불은 어려워요. 강아지가 쿠팡 로켓 상품도 아니잖아요."

"저희가 정말 어쩔 수 없는 사정이 있어서요. 환불받을 생각은 없고요, 어떻게 입양을 무를 순 없을까요?"

"정 그러시면 한 가지 방법이 있어요."

"뭐죠?"

"책임 파양이라는 제도가 있어요."

"책임 파양이요?"

"네."

책임과 파양의 결합이라니. 이상한 단어였다.

"어떻게 진행되는 거죠?"

"파양된 개들은 한번 손을 타봐서 특가 할인을 해도 잘 안 나가요. 그렇다고 계속 숍에서 데리고 있을 수도 없으니 떨이로 경매장 가기도 하고. 최악의 경우엔 보호소로 가죠. 대충 스토리는 짐작 가시죠?"

"새 주인을 못 찾으면 안락사를 당할 수도 있단 뜻인가요?"

"그런 일을 막을 수 있게끔 저희가 견주분들께 책임 비용을 일시불로 받고 아이들을 돌봐드리는 제도가 책임 파양이에요. 평생 애들한테 들어가는 사료값이며 돌봄 비용을 선불로 받는 셈이죠."

"얼만데요?"

"견종 따라 다른데 비용은 좀 비싸요. 관리비가 많이 드는 애들이라. 이백오십 정도 생각하시면 돼요."

"삼백 주고 데려왔는데 파양에 이백오십이라고요?"

"10년 넘게 먹이고 재우는데 비싼 것도 아니죠. 노견 되면 의료비도 장난 아닙니다. 어린애 하나 키우는 데 일이 억씩 드는데. 개도 가족 아닙니까. 그게 아까우시면 별수 없죠. 데리고 사시거나 보호소로 보내시거나."

"하아……."

"그럼 생각해보시고 연락 주세요."

"아뇨. 그렇게 할게요. 그런데 정말로 걜 평생 돌봐주신다는 걸 저희가 어떻게 믿을 수 있죠? 아플 때 치료도 해주시나요?"

"그렇게 걱정되시면 언제든 숍에 들러서 강아지 보고 가실 수 있어요."

아이들에게는 강아지가 포천의 농장으로 돌아갔다고 둘러 댄 후 책임 파양 비용을 입금했다. 몇 달 뒤 펫숍은 예고 없이 문을 닫았다. SNS 계정을 보니 다른 도시에서 숍을 차린 모양 이었지만 거기 올라와 있는 강아지 사진 중 초아는 없었다. 그 뒤로는 티브이에 골프 선수 오초아만 나와도 채널을 돌릴 정 도로 심기가 불편했다. 유기견 문제를 꼬집는 시사 프로그램 이 방영되면 가슴이 뜨끔했다. 괜히 설거지를 하는 옥란의 뒤 통수만 째려보았다. 그때부터 조금씩 벌어지기 시작한 두 여 자의 거리는 쉽게 봉합되지 않았다.

해고 통보를 어떻게 해야 뒤탈이 없을지 생각하다 관자놀 이를 꾹 눌렀다. 요란한 헬스 음악이 흘러나오는 지하 체육관 으로 들어서 데스크 컴퓨터에 전화번호를 입력했다.

〈염수미 회원님, 출석 체크되셨습니다.〉

모니터에 뜬 환영 메시지를 뒤로한 채 넓지 않은 공간을 훑어보았다. 스미스 머신 네 대와 천국의 계단 세 대를 갖추었 으니 제법 알찬 헬스장이었다. 서너 명의 트레이너들이 개인 운동을 하고 있을 뿐 일반 회원은 많지 않았다. 오후 두 시와 다섯 시 사이. 오전의 주부와 학생 회원들도, 저녁의 직장인들도 드문 애매한 시간. 운동 센터에서 흔히 해피 아워라 부르며 레슨비를 할인해주는 시간대였다. 오랜만에 마주친 댄 관장이 말을 걸어왔다.

"회원님, 여전히 핏하십니다. 정말 대회 생각 없으십니까?"

"아유, 이 나이에 비키니 입고 탄 바르면 자식들 볼 낯이 없어요."

입으로는 웃으면서 눈으로 주니를 찾았다. 하도 권하기에 대회 출전을 진지하게 고려해본 적도 있었다. 피트니스 인구 증가와 보디프로필 열풍을 타고 크고 작은 보디빌딩 대회가 수도 없이 생겨났다. 맘만 먹으면 순위권에 오를 자신도 있었다. 체중을 조절하고 몸을 디자인하는 건 수미가 평생 해왔던 일이니까. 하지만 근육을 키우려면 벌크업 기간을 거쳐야 할 텐데 그건 명백히 수미의 취향이 아니었다. 물론 석진의 취향도.

마르면 마를수록 예술이 되는 일을 업으로 삼았었다. 제 몸과 마음에 대한 규준이 잡히지 않은 일고여덟 살 때부터 짙은 분장을 하고 타인에게 평가받는 것은 폭력적인 경험이었다. 콩쿠르와 지역 대회, 영재원과 예고 입시 때마다 두상과 허리 길이를 나노 단위로 평가받고, 부모의 키와 체중을 묻는 면접 질문에 답해야 했다. 일명 '고'라고 불리는 발등 모양을 타고난

우아미 필라테스

아이들은 운명의 여신에게 미리 키스를 받은 셈이었다.

빈약한 몸과 대비되는 풍만한 발등 선은 발레의 세계에서나 아름다운 것이지 일반인에겐 기형적으로 보일 터였다. 높이가 7센티가 넘는다는, 그래서 마지막 동작까지 드라마틱한 곡선으로 완성한다는 무용수의 발등 사진을 보며 어린 수미는 제 발등에 눈물 젖은 스펀지를 테이핑하곤 했다. 그러고 보면 인간이 평등하다는 건 아름다운 미신이다. 인간은 인간이라는 점 외에는 평등하지 않다. 예체능을 3일만 해보면 알 수 있다. 수미는 제 아이들에게는 몸으로 평가받는 일을 시키지 않겠다고 이를 갈았다.

'저긷네.'

언더아머 반바지 아래로 서양인처럼 길게 쭉 뻗은 주니의 종아리. 수미가 가장 좋아하는 부위였다. 주니의 몸은 관능적이었다. 몸의 모든 근육들이 기능과 가동 범위 면에서 제게 주어진 본분을 최고의 수준으로 수행해냈다. 보는 이의 감각 돌기를 바짝 세워주는 몸이랄까. 신체의 선線, 면面, 형形, 동動은 언어와 달리 거짓말을 하지 않는다. 그래서 수미는 사람들의 몸을 관찰하며 거기 각인된 역사를 상상했고, 그들의 움직임이 만드는 리듬과 패턴을 향유했다. 석진을 처음 만났을 때 그의 몸에서 수미는 흥미를 느끼지 못했다. 반면 주니의 몸은 아무리 만지고 핥고 두드려도 늘 새로운 이야기를 들려주었다.

주니는 헬스장 회원의 스쾃 자세를 봐주고 있었다. 개인 피티 회원도 아닌데 티칭을 해주는 트레이너는 드물었다. 주니의 성실함을 좋아하면서도 질투가 났다. 뱅앤올룹슨 헤드폰을 목에 건 여자 회원은 긴 속눈썹을 내리깔며 웃고 있었다.

일일이 질투하려 들면 끝이 없는 게 주니의 일이었다. 주니의 휴대폰은 회원들이 보낸 인바디 사진과 식단 인증 메시지로 가득했다. 그들이 아침에 일어나서 잠옷 차림으로 보낸 체중 사진과 또 먹어버렸다며 징징대는 문자에 친절하게 피드백하는 게 소위 일대일 관리였으니까. 그걸 받으려고 수백만 원을 헬스장에 쏟아붓는 회원들이니까. 와퍼주니어와 싸이버거 사진을 보내며 둘 중에 뭘 먹으면 되냐고 묻는, 철딱서니 없고 자기 관리 안 되는 성인들의 존재는 흥미진진했다. 수미의 시선을 느낀 주니가 알은척을 했다.

"안녕하세요, 회원님."

"오늘 등 좀 당기고 갈게요."

남들 보는 앞에서 둘은 깍듯이 존댓말을 썼다.

"네."

후드 티를 벗고 브라톱 차림으로 로잉 머신에 앉았다. 수미의 11자 복근을 보고 뱅앤올룹슨은 기가 죽은 눈치였다. 체중과 같은 40킬로그램의 하중을 걸고 엉덩이를 말아 기구에 밀착했다. 날개뼈를 잠근 뒤 견갑을 채운 상태로 광배의 힘만 사

우아미 필라테스

용해서 줄을 당겼다 다시 밀었다. 무게를 당기며 힘을 줄 때 몸이 만들어진다고 생각하면 오산이다. 최대한 천천히 힘을 풀며 흐트러지지 않게 몸을 통제하는 네거티브 동작 때 근육은 다듬어진다. 허리가 꺾이지 않도록 신경 쓰면서 세트를 반복했다. 주니가 히프 밴드를 내밀며 말을 얹었다.

"회원님, 새로 들어온 히프 스러스트 기구도 사용해보세요. 부티빌더 제품이라 타깃 근육에 타격감이 잘 와요."

"감사합니다."

노란 밴드를 무릎 사이에 걸고 벨트를 찼다. 초심자들은 이 기구를 잘 하지 않는다. 동작 자체도 힘들지만 남사스러운 모양새를 견디지 못해서다. 수미도 초보자 시절에는 민망해하던 자세였다. 어쩐지 자신이 물 밖에 나온 활어처럼 퍼덕대는 느낌이 들었다. 헬스장 고인 물이 된 지금은 인기 없는 이 기구를 독점하다시피 했다. 평소 사용할 일이 드문 중둔근을 자극하는 데 이만한 기구가 없었기 때문이다.

필라테스는 개인 레슨 가격이 높게 형성되어 있는 만큼 등록이나 재결제 유도가 쉽지 않았다. 일부 헬스 트레이너들이 마사지에 인생 상담까지 해주며 유사 연애 서비스를 제공한다는 이야기를 듣고 부러울 정도였다. 필라테스는 강사도 고객도 대부분 여성이라 그런 묘한 설렘이나 긴장감으로 영업하긴 어려웠다. 그러니 여성 회원들이 동경할 만한, 마르고 탄탄한 강사의 몸 자체가 사업 전략이자 센터 인테리어 그 자체였다.

발판 위쪽에 양발을 올린 후 깍지 낀 손을 뒤통수에 갖다 댔다. 골반을 힘껏 말아 치켜올리자 뱅앤올룹슨의 시선이 느껴졌다. 시작 자세로 돌아와 중량을 한 단계 늘리고 양발의 위치를 올렸다. 높은 스탠스에서는 둔근과 햄스트링의 자극이 강해진다. 엉덩이에 힘을 바짝 주자 뻐근한 자극이 느껴졌다.

해산 후 삼칠일이 끝나자마자 수미는 운동을 재개했다. 시도 때도 없이 들려오는 울음소리―실제일 때도 많았지만 환청일 때가 더 많았다―를 잊으려면 중량을 치는 게 최고였다. 임신 기간 자체는 행복했다. 평생 처음으로 죄책감 없이 폭식을 해봤으니까. 제왕절개 수술 전날은 케이크 한 판을 다 먹기도 했다. 석진 몰래, 드레스룸에 숨어서.

몸 밖으로 꺼내놓고 나자 아이들은 수미의 팔목과 발목에 차례로 채워진 족쇄가 되었다. 집 밖에 있어도 아이들의 엄마 소리, 옥란의 사모님 소리가 돌림노래로 들렸다. 도리스 레싱의 소설 속 수전에게처럼 자신에게도 19호실이 필요했다. 요가나 필라테스 같은 정적인 운동은 머릿속을 더 복잡하게 만들었다. 스피커가 터질 듯한 음악을 들으며 정신없이 세트를 반복하는 편이 나았다. 그렇게 이 헬스장이 수미의 19호실이 되었다.

관장이 배정해준 세 명의 트레이너를 퇴짜 놓은 뒤 정착한 이가 주니였다. 아담이나 제프 같은 영어 이름을 쓰는 트레이너들과 달리 본명의 뒷글자를 사용하는 주니. 반바지를 입은 종아리는 잔털 한 올 없이 매끈했고, 팽팽한 이마 위로 S자를 그린 앞머리는 3주에 한 번씩 뿌리 볼륨 펌을 받는다. 빤한 월급을 쪼개 레이저 제모와 왁싱, 보톡스로 관리하는 이유를 주니는 나중에 한마디로 설명했다.

"저흰 보이는 게 밥줄이라서요."

어느새 뱅앤올룹슨은 유산소 구역으로 가버렸다. 히프 어덕션에 앉아 내전근 운동을 시작한 주니에게 다가가 수미가 속삭였다.

"자기, 꿀꿀한데 이따 파노라믹 바에서 술 한잔할까?"

오크우드 호텔 65층의 와인 바였다. 미들급 와인들을 늘어놓고 뷔페 형식으로 무제한 시음을 제공하는 그곳을 술맛에 무딘 주니는 좋아했다. 해맑게 신나 하는 주니의 얼굴을 귀여워하는 수미도 마찬가지였다. 주니와의 만남은 불가피한 것이었다. 못된 사람은 참아도 지루한 사람은 못 참으니까. 남편은 표정도, 취미도, 좋고 싫음도 없는 남자였다. 미식과 쇼핑에 관심이 없었고 잠자리는 수미가 눈치를 줄 때만, 그것도 정상위로.

해외여행을 갈 때도 석진은 출국 당일까지 행선지를 몰랐다. 가기 싫다는 소리는 안 했지만 그런 소릴 하는 것보다 더 비참하게 굴었다. 매뉴얼대로만 사는 범생이 촌놈. 그게 석진에 대한 수미의 요약정리였다. 그런 석진의 유일한 일탈이 마흔 넘어 기르기 시작한 수염이었다. 턱의 흉터를 가리키며, 아빠 턱에 그 지렁이는 뭐냐는 영훈의 말을 듣고 난 뒤부터였다.

석진에게 바뀌라고 요구할 생각은 없었다. 그는 제 가족의 등을 데워주고 배를 불려주는 남자였다. 하지만 배부른 소리란 말이 있는 것을 보면 인간은 등 따시고 배불러도 아쉬운 소리를 하게끔 욕망의 구조가 설계된 동물인 터. 수미는 삶에서 누릴 수 있는 어떤 쾌락도 포기하고 싶지 않았다. 인생 어차피 자기 팔 자기가 흔들며 사는 거지. 이런 내가 그에게 피해를 주나. 아니, 이익을 주지. 사소한 부도덕은 상냥한 부인이 되게 해주니까. 그렇지 않은가. 모두에겐 풀 곳이 필요하다. 풀고 와서 우아하게 처신할 곳도 필요하다. 필연적으로 두 개의 장소와 두 개의 자아가 필요하다. 수미는 손쉽게 스스로를 납득시켰다.

"밤에? 남편 출장 갔어?"

"페이 닥터가 출장은 무슨. 교수도 아니고. 내가 늦게 들어가야 온 식구가 행복하니까 희생하는 거지. 우리 집 안주인은 내가 아니고 이모님이거든. 애들은 잔소리하는 엄마 없으니 좋고, 남편은 서재라 부르고 동굴로 쓰는 방에 처박힐 수 있으

우아미 필라테스

니 좋고, 이모님도 내 눈치 안 보고 그릇 팍팍 던지며 집안일 하니 좋고."

"나도 좋고. 오늘 와인은 내가 쏠게. 개인 피티 회원 한 명 더 확보했거든, 방금."

"아까 그 여자? 안 하면 안 돼? 인상이 싸한데. 관장한테 넘겨."

"댄은 수업 다 찼어. 질투하는 거야? 비즈니스잖아."

"몸 만지는 일에 100프로 비즈니스가 어디 있어. 알면서."

"그렇게 치면 당신 남편은."

"그 인간은 몸을 만지는 게 아니라 들여다보는 거지. 호스 집어넣어서. 그건 천지 차이야. 달달한 터치랑 들입다 쑤시는 게 같아? 암튼 내가 미리 가 있을게. 저녁 약속도 그 호텔에서 있어."

"왜 이렇게 바빠. 연예인 스케줄이네."

"나도 가기 싫어. 오늘 집에 사건도 좀 있었고. 근데 학부모 총회, 거기 한번 빠지면 큰일 나. 다신 안 부르거든."

"군기가 세구나."

"그럼."

학부모 모임 사진을 SNS에 올려서는 안 된다는 규칙이 있었다. 처음 단톡방에 초대받았을 때 수미는 고학력 전문직들로만 가득한 모임일까 봐 기가 죽었었다. 안면을 트고 보니 수미처럼 제 사업을 하는 이들이 대부분이었다. 거기서 만난 요가원 원장 지안과는 피부과를 공유할 만큼—이건 진실한 우정의 척도였다—친해졌다. 지안도 군무를 추던 코르 드 발레리나였지만 무역업을 하는 남편을 따라 국립 발레단을 그만두고 송도에 왔다고 했다. 경제자유구역인 송도는 젊은 사업가들을 위해 융통성 있는 과세 전략을 취했기 때문이었다.

지안은 친구 하나 없는 곳에서 창밖의 바다만 보다 어느 날 정신을 차려보니 아이를 안은 자신이 난간에 올라서고 있더라고 했다. 산후 우울증은 프로작이나 졸로푸트로도 극복되지 않았다. 타로점을 배우고, 아로마 테라피 클래스를 듣고, 명상 요가를 시작했다가 내처 자격증까지 땄다고 했다. 요가원을 개원한 지 5년. 무기력증에 걸린 주부에서 왕성한 사업가로 변신한 지안은 각종 학원 정보며 청소 도우미 연락처, 세금과 맛집 정보에 환했다.

송도 맘들의 분위기는 대치동이나 서초구의 그것과는 결이 달랐다. 젊고 쿨한 그들은 의외로 아이의 학교 성적에 초연했다. 대신 유학 준비의 목적으로 외국인학교 입학과 각종 예체능 레슨에 열정을 쏟는 편이었다. 강남처럼 초고속 수학 선행을 하는 것은 촌스럽게 여겼다. 그들에 비하면 수미는 지훈과 영훈을 좀 더 전통적인 방식으로 교육했다. 예체능을 시키지 않겠단 다짐 때문만은 아니었다. 다른 여자들보다 아이 성적에 초조해하는 데는 수미 자신의 콤플렉스도 있었다. 국영수 성적이 처지면 괜히 자기 탓일 것만 같았다. 아이들은 각종 수학 물리 올림피아드를 휩쓸었던 석진의 유전자를 물려받았어야만 했다. 자신의 외모와 석진의 두뇌가 조합되어야지, 그 역이면 곤란했다.

'초등 고학년 때부터 수학 달리려면 그 전에 영어는 끝내 둬야지. 그때 가면 영어에 뺏길 시간이 없으니까. 얼른 필리핀 시터를 들여야겠어.'

조기 유학 붐을 타고 호주로 떠났던 수미—당시 수미네 반 아이들 다섯 명 중 한 명이 유학을 갔다. 물론 수미 빼곤 IMF의 직격탄을 맞고 중도 귀국했지만—는 생활 영어에 능통했다. 그 덕에 일주일에 두 번씩 영어로 진행되는 필라테스 수업도 열고 있었다. 송도에 장기 출장 중인 외국인들의 반응이 좋았다. 대개 포스코나 셀트리온, 얀센제약 임직원들이었다. 하지만 애들을 직접 끼고 앉아 영어를 가르칠 생각은 꿈에도 없었다. 외주를 줄 수 있는 건 최대한 주는 게 생산적인 법이다. 돈은 써야 들어오는 법이니까. 전문가는 그러라고 있는 거니까. 몸은 트레이너에게, 살림은 도우미에게, 교육은 학원 강사에게.

왼 손목의 위치에서 두 개의 알람이 연달아 울렸다. 하루

남은 결혼기념일을 알리는 캘린더 알람, 그리고 지훈의 학교에서 시행하는 줄넘기 인증제 시험 공지였다. 지훈은 석진을 닮아 운동신경이 무뎠다. 번갈아 뛰기나 엑스 자 뛰기는 언감생심이었다. 양발 모아 뛰기도 서른 개를 못 넘기고 줄에 걸려 넘어졌다. 생활스포츠지도사 자격증이 있고 태권도 학원에서도 일했던 주니에게 지훈을 부탁해볼까 생각하며 탈의실로 발을 옮겼다.

2장

부일 병원

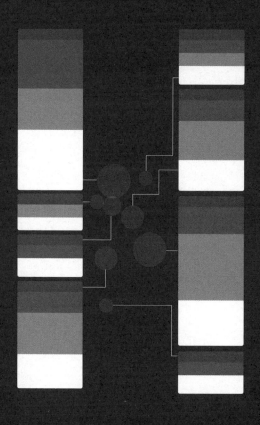

"과장님, 그 여자 왔어요."

"그 여자라뇨?"

"면도날요."

"아."

두어 달 전부터 주기적으로 내원하는 환자였다.

"어떻게 할까요? 오늘 반차시잖아요. 결혼기념일이라면서
요. 송 과장님 방으로 보내요?"

"그분까진 하고 퇴근하죠."

"그럼 세팅할게요. 근데 과장님, 오늘따라 수염이 더 멋진
데요?"

"바버숍 다녀왔거든요."

석진은 멋쩍게 웃으며 턱을 만져 보았다. 윤 간호사가 나간
자리를 바라보며 미지근한 커피 한 모금을 마셨다. 출근길에
사 온 아메리카노를 일부러 식혀 먹는 것이 습관이 됐다. 그럴
거면 처음부터 아이스 아메리카노를 먹으라고 수미가 퉁을 줬
지만 모르는 소리였다. 뜨겁던 커피가 근무시간 내내 식으며

도달한 온도, 그것이 석진에게 적절하고 안전하게 느껴졌다.

그때, 젖은 목구멍에서 헛기침이 터져 나왔다. 입을 틀어막아 보았지만 머금었던 커피가 손가락 사이로 흘러나와 가운을 적셨다. 눈물에 콧물까지 뽑아내고서야 사레는 멈추었다. 알코올 티슈를 뽑아 입가의 침방울을 닦고 마스크를 썼다. 흐려진 눈을 비비며 벗고 있던 크록스를 꿰어 신었다.

내시경실로 들어섰다. 옆으로 꼬부린 여자가 도마 위에 놓인 생선처럼 누워 있었다. 허물어질 듯 추워 보이는 몸이었다. 새카맣게 홉뜬 눈이 내시경 모니터를 주시하고 있었다. 침상 아래 더러운 장화 한 쌍이 놓여 있었다. 여기저기 갈라지고 뜯겨서 검정 테이프가 붙어 있는 국방색 장화를 보고 석진은 슬쩍 미간을 찌푸렸다.

이름은 백유화. 나이는 서른둘, 국적은 중국. 주소는 남동구의 한 공장 기숙사, 158센티미터에 39킬로그램. 외다시피 한 차트를 건성으로 보며 라텍스 장갑을 꼈다.

"60밀리."

"네, 과장님."

"마음이 바뀌었어요. 수면 안 할래요."

목소리를 듣는 것은 처음이었다. 선이 가는 얼굴에서 예상하지 못한, 두툼한 갈필의 음색. 조선족 특유의 억양은 느껴지지 않았다.

"비수면으로 하시겠다고요? 불편하실 텐데요."

"……."

여자는 대꾸가 없었다. 하긴 그런 걸 못 견딜 사람 같으면 이런 걸 삼키지도 않았겠지. 요즘 세상에 면도날이라니. 그래도 다짐을 받아두어야 했다. 뒤늦게 불편감을 호소하며 병원비 못 내겠다고 날뛰는 수검자가 적지 않았다. 차분하게 설득하던 수납 직원들도 언제부턴가 순순히 포기했다. 민원의 강도가 세지고 시간이 길어질수록 병원만 손해였기 때문이다.

"정말이시지요?"

"수면, 5만 원 더 비싸잖아요."

"알겠습니다."

윤 간호사에게 눈짓을 하자 믿음직스러운 눈빛으로 고개를 끄덕였다. 2년째 호흡을 맞춰온 그가 이 방 순번일 때 석진은 편안함을 느꼈다. 벌린 입술 속으로 내시경 호스를 넣고 목구멍까지 진입했다. 대부분의 수검자가 전신을 꿈틀대거나 구역질을 하는 구간이지만 담담하다. 이 정도로 반응이 없는 경우는 대개 둘 중 하나다. 인내심이 대단하거나 위의 연동운동이 무뎌져 있거나. 여자는 둘 모두에 해당했다.

마스크 안으로 헛기침을 하며 기계적인 손동작을 이어갔다. 시도 때도 없이 찾아오는 석진의 헛기침을 수미는 질색했다.

"틱도 아니고 왜 그래. 듣기 싫어."

문제집을 풀다 막히면 연방 헛기침을 하는 지훈을 수미는 큰 소리로 타박하곤 했다. 언젠가부터 석진에게 불만이 있으면 아이들을 쥐 잡듯이 잡았다. 마흔이 넘어도 사람은 바뀔 수 있는 것인지 석진도 집에선 헛기침을 참을 수 있게 되었다. 하지만 신호 대기 중인 차 안에서나, 시술 중인 내시경실에선 굳이 그러지 않았다.

출근하지 않는 일요일마다 목구멍이 간지러워 산으로 피했다. 새벽부터 경인고속도로를 달려 관악산공원에 차를 댔다. 연주대 정상에 오른 뒤 서울대 자연대 쪽으로 내려오는 코스였다. 반수를 해서 의대에 들어가기 전 한 학기 남짓 다녔던 곳이었다.

등산을 마치고 기숙사 식당에서 늦은 점심을 먹으며 건너편에 앉은 대학원생을 바라보았다. 실험을 하느라 밤을 새운 듯 피로해 보였다. 어쩌면 자신의 것이 될 수도 있었을 모습. 수능을 새로 보고 의대에 간 걸 후회한 적은 없었다. 의사라는 직업은 그것을 선망하는 세상과 외골수인 자신이 무난하게 섞일 수 있게 해준 유화제였다. 덕적도 농협의 하나로마트에서 칼국수용 밀가루를 사 오던 소년을 국민은행 VIP 창구로 옮겨주었다.

초심자가 탈 만한 수도권의 산을 다 타고 나니 결혼 후 불었던 8킬로그램이 사라졌다. 잘된 일이었다. 집을 비워주는 석진이 고마운지 수미가 등산 스틱계의 에르메스로 불리는 레키 카본 스트롱을 선물했다. 수미에게는 이거면 알루미늄 스틱 열 개를 사겠다 말했지만 막상 등산객들의 부러운 시선은 석진을 흐뭇하게 했다. 하지만 지훈이 본격적으로 사교육의 세계에 입성하면서 주말 라이딩이 빡빡해졌다. 하루를 통째로 잡아먹는 등산은 무리였다. 몸이 근지러워진 석진은 대신 실내 암장에 가보았다.

송도의 클라이밍 센터들은 신규 고객들로 미어졌다. '숨겨진 도시인들의 본능과 야성을 건드리는 스포츠!'라고 적힌 입간판 가운데 몇몇 연예인의 사진이 붙어 있었다. 얼마 전 오크우드 호텔 옆에 생긴 곳은 대표가 볼더링 세계 랭킹 1위라고 했다. 제법 재미를 붙일 때쯤 손가락에 간헐적인 통증이 왔다. 하루에도 수십 건씩 내시경을 해야 하는데 곤란했다. 그러고 보니 가짜 암벽에 설치된 돌들을 밟고 낑낑대는 제 모습이 우스워 보이기도 했다. 클라이밍의 장점이자 단점은 진짜 추락하지 않는다는 것이었다. 벽도 가짜, 스릴도 가짜, 상승과 하강의 행위 모두 가짜였다. 이래저래 발걸음을 끊다 보니 가운 속 뱃살이 심상치 않았다.

윤 간호사가 오버튜브를 내밀었다. 이물질 제거 시술과 일반 내시경의 차이는 오버튜브의 삽입 여부다. 종착지에 도착한 호스 안에 그것을 밀어 넣었다. 의연하던 여자의 몸이 미세하게 떨리기 시작했다.

"불편하시죠. 조금만 참으세요."

윤 간호사가 여자의 손을 잡아주는 모습이 보였다.

오전 여덟 시부터 오후 세 시까지, 살풍경한 내시경실에서 비슷한 시술 수십 건을 하다 보면 시공간이 결락된 느낌과 함께 이인감異人感이 찾아왔다. 간을 빼놓고 왔다는 별주부전의 토끼처럼 제 몸에서 저를 빼냈다. 정오가 되면 어김없이 일어나는 환각이었다. 내시경실 바닥에 크록스 밑창을 붙이고 선 몸에서 빠져나와 구석의 스툴 위에 앉았다. 병원장이 원하는 시술 건수에 맞추기 위해 최대한의 속도로 호스를 신체 속에 넣고 빼는 자신이 보였다. 하늘색 일회용 가운을 입고 간호사들에 둘러싸여 시술을 지휘하는 자신의 동작을 꼼꼼히 관찰했다.

흠잡을 데 없이 노련한 솜씨였다. 다른 의료진들 역시 제 가족의 위, 대장 내시경을 석진에게 부탁할 정도이니 자기애적 망상은 아닐 것이다. 위 관찰에 3분, 대장 진입에 3분, 회수 겸 관찰에 4분. 칼같이 10분을 맞추는 석진이었다. 매뉴얼을 아주 조금씩만 위반하여 시간을 아꼈다. 내시경 기술은 빗질과 같아서 거듭하면 할수록 매끄러워졌다. 정직한 일이었다. 석진은 그것이 마음에 들었다.

여자의 경우는, 그런 유체 이탈의 여유를 허락하지 않았다. 비정상적으로 마른 몸 안에서 호스는 매끄럽게 유영하며 회전하지 못했다. 석진의 미적 취향과는 무관하게도, 내시경 시술에는 과체중의 신체가 편했다. 적당한 공간감과 지방질의 탄력감 때문이었다. 고난도 킬러 문항이라 할 수 있는 이 여자를 본인에게 배당한 데는 소화기내과 과장 다섯의 실력에 대한 간호사들의 암묵적 합의가 있었을 것이다. 반차 퇴근이 늦어지고 있었지만 우쭐한 기분이 들었다. 오버튜브가 결착된 것을 확인한 후 목표물을 향해 다가갔다. 붉은 내부가 모니터 위로 확대됐다. 여자는 홀린 듯한 표정으로 제 속을 응시했다.

칼날의 모서리를 그물로 포획하는 데 성공했다. 석진은 왼쪽 손목의 스마트워치를 확인했다. 3분. 다른 네 명의 과장들에 비해 많은 케이스를 해치우는 석진이었다. 과장들의 시술 건수와 용종 제거 개수, 약 처방 내역은 엑셀로 집계된 뒤 병원에 남겨준 이익의 숫자로 환산되어 병원장에게 보고되었다. 입사 이래 에이스 자리를 놓친 적이 없었다.

작년 이 무렵엔 유독 짭짤했던 인센티브로 고가의 전기 자전거도 구입했었다. 비록 지금은 창고에 처박혀 있지만 천만 원에 육박하는 물건이었다. 수미는 자기가 좀 보탤 테니 네 가족을 위한 캠핑카를 사면 어떠냐고 했다. 하지만 인구 이천 명이 안 되는 섬마을 출신의 석진은 캠핑이라는 행위 자체를 이해하기 힘들었다. 그에게 자연은 불편함 그 이상도 이하도 아니었다.

여자의 위에서 얇은 금속의 물체를 끄집어냈다. 보는 것만으로도 혀에서 쇠 맛이 도는 칼날이었다.

톱날 모양의 도루코 면도날.

'요새도 이걸 파나 보군.'

어린 시절 화장실 문을 열어놓고 손 면도를 하던 아버지의 모습이 떠올랐다. 집에서도 밖에서도 칼을 잡고 살던 양반이었다. 참았던 숨을 풀고 다시 시계를 봤다. 3분 40초. 선방이다. 여자의 몸속에 똬리 틀었던 호스가 굴신하며 튀어나왔다. 호스를 거두며 그물 속의 칼날도 신중하게 당겨왔다. 여자의 상반신이 꿈틀거렸다. 여전히 아무 소리도 내지 않았으나 눈꼬리를 타고 검게 번진 마스카라 액이 흘러내렸다.

밋밋한 얼굴을 기어다니는 바퀴벌레처럼 바짝 집어 올린 속눈썹. 죽으려고 칼을 삼킨 여자가 눈 화장이라니 우습군. 병원에서 다양한 인간 군상을 목도해온 석진이었지만 여자는 생경한 타입이었다. 불결하게 느껴지는 눈물을 보며 오늘은 한마디 해주리라 다짐했다. 평소엔 환자와 대화할 일이 거의 없었다. 조직 검사가 필요한 경우에만 환자에게 설명을 했다. 시간을 아껴 검사 건수를 늘리기 위한 병원장의 조치였다.

전에 근무했던 병원은 달랐다. 모든 수검자에게 앵무새처럼 비슷한 설명을 베풀었다. 약간의 역류성 식도염과 위축성 위염이 보이지만 현대인들이 다 그렇지요. 너무 염려 마시고 술 담배를 피하면서 규칙적 식사를 하시고 주기적인 검진을. 잠꼬대로도 욀 수 있는 기계적 문장들이었으나 그나마도 인간적인 절차였다는 것을, 이곳으로 옮긴 후 알게 되었다.

작은 내과로 출발한 병원이 인천에서 손꼽히는 규모의 종합병원으로 성장한 데는 처남인 야당 국회의원이 든든한 뒷배가 되어주었다는 소문이었다. 하지만 그게 다는 아니었다. 의사들을 철저히 착즙하는 병원장의 성과지상주의가 흑자 경영의 일등 공신이었다. 안 그런 병원이 있겠냐마는 그 과감성과 노골성은 타의 추종을 불허하는 것이었다. 폭탄주를 매개로 한 한국식 인화人和를 중시하는 병원장이, 외로 도는 석진─병원장은 석진의 성격뿐 아니라 수염도 탐탁지 않아 했다─을 해고하지 않는 것도 그 때문이었다. 하루에 해치우는 내시경 시술의 횟수로만 따진다면 석진은 교체하기 아까운 부품이었다. 넉 달 전 문제의 사건이 벌어지기 전까지는.

그날따라 마가 꼈는지, 생애 첫 대장 내시경을 하러 온 방육례 환자의 장에 천공을 뚫어버렸다. 그 환자는 팔십을 바라보는 노인이었다. 사람이 하는 일이다 보니 있을 수 없는 일은 아니었지만 석진에겐 처음 있는 일이었다. 호재 맞았단 표정의 환자 아들에게 병원장은 상당한 액수의 돈을 쥐여주어야 했다. 석진이 휴대폰의 차단 번호 목록에서 개원 컨설턴트들의 연락처를 복구한 것도 그 무렵이었다. 소화기내과 전공인 병원장의 아들이 미국 연수에서 돌아오면 센터장 자리를 반납해야 할 처지이기도 했다. 그 꼴을 보느니 하는 마음으로 수미가 이끄는 대로 몸을 맡기다 보니 어느덧 다음 달에 제 이름자와 수미의 이름자를 하나씩 딴 병원의 개업을 앞두게 되었다.

미진 내과. 기어이 제 이름을 앞에 둔 데서 자본의 출처를 망각하지 말라는 수미의 세심한 마음 씀이 느껴졌다. 그러니 매주 찾아오는 면도날과도 오늘이 마지막이다. 석진은 최대한 간결하게 말했다.

"이러시면 안 됩니다."

비스듬히 몸을 일으켜 장화를 찾던 여자가 고개를 들었다. 물 빠진 머리카락이 갈라지며 버석한 얼굴이 드러났다. 눈동자가 큰데도 어쩐지 투미하게 졸려 뵈는 눈. 형식적으로 한마디 하고 말려던 석진은 알 수 없는 충동에 다시 입을 열었다. 석진은 한국에 드문, 상대방이 곤란해할 간섭을 하지 않는 유형이었다. 오지랖 좁기로는 견줄 자가 없다 자부하는 제가 왜 이러는지 의아했다.

"칼은 자기 속을 베라고 있는 물건이 아니잖습니까. 사정은 모르겠지만 이제 이러지 마십시오. 또 오시면 저는 여기 없을

겁니다."

속눈썹 아래 가려졌던 검은자가 휘청대며 떠올랐다. 어릴
적 장난을 치다 바다에 빠진 친구의 눈이 저러했었다. 어쩐지
소름이 돋아 돌아서는 석진의 가운이 당겨졌다. 뒤를 보았다.
제 행동에 놀랐는지 눈을 깜빡이던 여자가 성대를 쥐어짜며
말했다.

"어디로 가세요."

"미진 내과라고 송도에서 제 병원을 열게 되었습니다."

여자는 멍한 눈으로 석진의 수염을 들여다보았다. 가까워
진 얼굴 위로 개미 떼처럼 조밀하게 기미가 몰려 있는 게 보였
다. 1밀리미터 단위로 제 살결의 탄성과 명도를 관리하는 수미
라면 한 땀 한 땀 레이저를 쬐여주고 싶어 할 피부였다. 조선
백자 같은 얼굴의 수미는 피부에 쓰는 돈이 제일 남는 투자라
고 했다. 머리에 뭐가 들었는지는 바로바로 표가 안 나는데 피
부는 조금만 돈을 들여주면 금세 광이 난다고. 인간 자체가 여
유롭고 풍요롭고 행복해 보인다고, 그러니 아까워 말고 돈을
써야 한다고.

"부―자 되세요."

"네?"

장화를 꿰찬 여자가 늘 그랬듯 하얀 거즈 위, 체액 묻은 면
도날을 챙겨 나가버렸다. 외국인 노동자에게 그런 축언을 들

으니 헛웃음이 났다. 그건 그렇고 저 여자가 IMF 이후 유행했던 카피를 어떻게 알고 있나. 처남의 보증을 섰다 빚을 진 아버지는 어머니를 패다 패다 지치면 최대치의 볼륨으로 티브이를 틀어놓고 잠들었다. 배춧잎처럼 퍼렇게 멍든 광대 위에 달걀을 굴리던 어머니와 마주 앉아 국수 가락을 입에 넣을 때 들려오던 목소리. 티브이 속 토끼 눈의 여자가 해맑게 외치던 말. 사람들은 그 카드 광고에 열광했다. 돈에 대한 언급이 사갈시되던 시절은 그 말과 함께 역사 속으로 사라졌다.

열한 번째 결혼기념일 식사 장소는 매해 그렇듯 미슐랭 투스타를 받은 스테이크 하우스였다. 수미와 처음 만났던 곳. 석진은 격식 있는 식사를 즐기지 않았다. 인턴과 레지던트를 거치며 컵라면을 욱여넣는 식의 생활에 익숙해지기도 했지만 칼국숫집 아들인 그에게 음식이란 애당초 지겨운 것이었다.

총각 시절 마담뚜들의 전화를 받기 시작하면서 주말마다 비슷한 식사 자리가 이어졌다. 근사한 레스토랑을 예약하고 조명 아래 마주 앉아 변죽 울리는 대화를 나누며 포크와 나이프를 두 시간씩 움직이는 행위. 문화적 존재로서 인간 행위의 극치라 볼 수도 있겠지만 석진에겐 피곤한 일일 뿐이었다. 요리도 조리도 필요 없는 음식을 편의점에서 사 와 5분 안에 해치우고 일어나 티브이 앞으로 돌아가고 싶었다. 하루에 그런

부일 병원

사교적 식사 행위 두세 끼만 제외해도 얼마나 많은 시간을 버는 것인지. 버는 것이 아니라 잃는 것이라 반박하는 이가 있다 해도 석진의 생각은 변함이 없었다.

친구가 소개해준 수미를 만난 이곳에서, 직원이 거대한 나이프 세트를 들이밀며 칼을 고르라고 했을 때 속으로 냉소가 비어져 나왔다. 유치하고 우스운 배역을 맡은 배우가 된 기분이었다. 하지만 해맑은 얼굴로 가장 화려한 칼을 집어 드는 수미를 보자 자신과 닮은 데라곤 없는 이 여자와 결혼해야겠다는 생각이 들었다. 하고 싶다는 생각이 아니라 해야 한다는 생각. 그때와 달라진 것이라고는 더 완벽해진 수미의 이목구비뿐.

트라몬티나 나이프로 700그램짜리 티본을 썰면서 석진은 위 속의 칼날을 떠올렸다. 이물질을 삼키고 오는 이들은 적지 않았지만 행위의 주기성과 도구의 일관성 면에서 여자는 독보적이었다. 전공 수업 때 이식증에 대해 배운 적은 있었지만 여자의 경우가 거기 속하는지도 애매했다. 병원 근처 공단의 노동자나 빌라촌 여자들이 먹고 오는 것은 대개 수면제였다.

"흠, 흠."

다시 시작된 석진의 헛기침에, 수미가 미간을 찌푸리며 안심이 꽂힌 포크를 내려놓았다. 레어로 구워진 고기 조각에서 선홍색 핏물이 배어 올라오고 있었다. 티본을 시키면 가운데

뼈를 중심으로 석진은 등심을, 수미는 안심을 먹곤 했다. 같은 메뉴를 먹으면서도 다른 부위만 먹는 셈이었다. 지방질을 피하는 수미를 배려하면서 굳어진 습관이었다. 부부는 밥정과 잠정이라는데 그들은 한 식탁에서도 다른 밥을 먹고, 한집에서도 다른 방을 썼다. 그런 것치고는 퍽 다정한 내외라고 자부할 수 있었다.

"자기 그 헛기침 말이야. 식사 시간만이라도 좀 참아주면 안 돼?"

"미안해."

"마음대로 안 된단 건 알고 있지만 내가 원하는 건."

"알아, 참는 척이라도 하라는 거. 잠깐 잊었어. 신경 쓸게."

"고마워."

수미가 고개를 기울이며 살짝 미소 지었다. 사전에서 미소라는 단어 아래 삽입해도 좋을 만한 표정이었다. 지금이다. 주머니에 손을 넣어 상자를 꺼냈다. 담담한 표정으로 받아 든 수미가 뒤편에 적힌 글씨를 확인하는 것을, 석진은 놓치지 않았다. 그녀는 입버릇처럼 말하곤 했다. 마음을 표현하는 방식에 물질적인 것만 있는 건 아니지만 그게 최고인 건 확실하다고. 자궁의 암세포를 발견한 날 마세라티를 뽑았다는 장모처럼 수미도 생의 박동을 소비로 유지해가는 유형이었다.

"다미아니구나."

"작년에 투덜거렸잖아. 해마다 티파니인 건, 성의 부족과 상상력 박약이라며."

"내가 그랬나."

입을 비쭉대면서도 마음에 드는 눈치였다.

"예쁘다. 잡지에서 본 것 같아."

"점원이 착용했을 땐 가슴까지 오더라고. 당신은 목이 기니까 쇄골 좀 넘으려나. 걸어줄까?"

"아냐. 집에 가서 해볼래. 오후에 수업이라 액세서리는 좀 그래."

"그래, 그럼."

"미안. 바로 착용해보는 게 예윈데."

"일 때문인데 무슨. 나도 내시경 하느라 예단 시계 못 끼잖아."

"게다가 오후 첫 타임 회원이 진상이거든."

"그래?"

"클레임이 많아서 강사들이 넌더리 내더라고. 리뷰 폭탄이라도 던질까 봐 원장 직강을 해주겠다고 했지. 탈의실에 머리카락이 있다느니, 강사 향수 냄새 때문에 집중을 못 하겠다느니, 배럴이랑 리포머가 어디 센터만 못하다느니 하면서 짜증나게 구는데 진짜 확."

"까다로운가 보군. 운동은 열심히 해?"

"유연하긴 한데 과체중이야. 필라테스 하는데 왜 살 안 빠지냐고 나를 족치는데, 자기도 알잖아. 다이어트는 식단이 구십군 거."

"백이지, 사실. 여하튼 우리 염 원장이 고생이 많네."

문득 오늘 아침에 대장 내시경을 받으러 온 수검자가 떠올랐다. 178센티미터, 124킬로그램, 20대 후반의 남성이었다.

'이 지경으로 몸을 방치하는 사람이 검사는 왜 받으러 왔는지 모르겠군.'

이 짓도 오래 하다 보니 반무당이 되었다. 차트 기록이나 환자 관상만 보고도 용종 개수를 짐작할 수 있었다. 적어도 일고여덟 개는 넘을 듯했다. 다른 의사 같으면 환영할 일이었다. 용종을 많이 뗄수록 청구할 수 있는 비용도 늘어나니까. 하지만 주 3회 이상 운동을 하고 탄수화물을 제한하는 석진은, 방치된 신체에 대한 혐오를 숨기지 않았다. 수미와의 유일한 공통점이었다. 부부는 좋아하는 것보다 싫어하는 게 같아야 한다고 했던가. 그 말이 맞다면 둘은 괜찮은 궁합인 셈이었다.

"난 마르면 마를수록 좋아."

처음 수미와 잠자리를 하고 나서 납작한 그녀의 가슴을 만지며 석진이 했던 말이었다. 퇴근 후 비만 환자들에 대해 투덜대는 석진의 말에 수미는 공감을 표하곤 했다.

"나도 그런 회원들 티칭하기 힘들어. 아니 아무리 천하의 염수미라도 이삼십 년 찌워온 살을 어떻게 석 달 만에 없애줘. 회원님, 어제 야식 뭐 드셨어요, 땀구멍에서 지금 술 냄새 나고 있거든요, 기구 위에서 깔짝거리면서 100칼로리 소모하곤 힘들었다며 1000칼로리 드시니까 그렇죠, 그렇게 팩트 폭격하면 재등록 안 할 거 아냐."

모두가 석진과 수미처럼 좋은 식사와 운동을 할 만한 여유가 없다는 것을 모르지 않았다. 그럼에도 자신들이 참아내는 식욕과 게으름을, 인내하지 못하는 족속들이 답답했다. 값싼 쾌락을 당겨 누린 대가로 병들고 늘어진 신체를 끌며 자신들을 찾아오는 고객님과 회원님들이 경멸스러웠다. 그런 인간들의 어리석음과 충동성이 자신들의 주머니를 불려주고, 그 덕에 백화점 지하 식품관에서 유기농 아보카도를 사고 피트니스 회원권을 갱신할 수 있는데도.

석진의 스마트워치 알람이 울렸다. 윤 간호사의 메시지였다.

―과장님, 퇴근하셨는데 죄송해요. 갑자기 병원장님이 저녁 회식 번개 치셨어요. 이사장님이 그 뭐더라, 한국 전문직 여성 협회인 지 뭔지, 그 비슷한 데 협회장 되신 축하 턱이래요. 오실 수 있으 세요?

이사장은 병원장의 두 번째 부인이자 야당 국회의원의 누나였다. 입맛이 떨어진 석진은 냅킨으로 입가를 거칠게 비볐다.

'지역 유지의 딸로 태어난 것도 전문직인가? 전문직 여성들이 들으면 기함하겠군.'

사극 속 중전의 가체처럼 웅장한 이사장의 올림머리를 떠올리자 또다시 헛기침이 나왔다.

"흠, 흠."

수미가 견디는 눈빛으로 잔을 들었다. 핏빛 액체가 부드럽게 출렁거렸다.

"아무튼 자영업자가 그렇지 뭐. 당신도 이 세계에 입성하게 된 걸 축하해. 심심한 위로도 함께."

석진이 워치에서 눈을 떼고, 와인 잔의 줄기를 잡았다.

"지도 편달 부탁해. 해주고 싶은 충고 또 없어?"

"인어공주가 됐다고 생각해."

"인어공주?"

"마녀한테 목소리를 뺏긴 거지. 그러니까 욕을 하고 싶어도 목소리가 안 나와. 클레임하는 고객한테 설명한다거나 대꾸한다는 가능성 자체를 옵션에서 지워. 혀만 이빨 뒤쪽에 잘 넣어 둬도 돈이 쌓일 거야. 나한테 키스할 때만 써."

"오케이."

수미의 얼굴을 바라보며 잔을 부딪쳤다. 그제야 수미의 눈썹 모양이 바뀐 것을 눈치챘다. 산이 높고 색이 짙은 갈매기

눈썹은 그녀의 트레이드마크였다. 그랬던 것이 솜털처럼 옅은 갈색의 일자 눈썹으로 돌변해 있었다.

"눈썹이 왜 그래?"

"예뻐?"

석진은 입을 다물었다. 이럴 때 정답이 무엇인지 알면서도 몸이 따라주지 않았다. 마흔이 되면서부터 수미는 부쩍 안 하던 행동을 했다. 얇실한 몸이 드러나는 옷만 입던 그가 벙벙한 스웨트셔츠에 볼 캡 차림을 하기 시작했다. 스카프를 사대며 실적을 쌓아 겨우 구한 에르메스 가방도 처박아놓고 5만 원짜리 나이키 더플백을 메고 다녔다. 결제하기 편하다며 사용하던 안드로이드폰도 애플의 최신형 사양으로 교체했다.

'중년의 위기인가 보군.'

미친 짓 하기 딱 좋은 나이라는 40대에 진입한 동기들이 떠올랐다. 거울 속 성글어진 정수리와 새벽에도 변화를 보이지 않는 몸을 인지한 그들은 우울해하다 몇 가지 결단들을 행했다. 창의적 방식을 나름대로 고심했겠으나 희한하게도 그것들은 세 가지 유형으로 수렴되었다. 수술이 달린 가죽 재킷과 할리데이비슨을 사들여 주말마다 강원도를 헤매는 유형, 바람을 피우거나 오피스텔 성매매에 몰두하는 유형, 그도 아니면 강아지나 주말농장 채소를 키우기 시작하는 유형.

석진은 그러고 싶지 않았다. 자신이 더 이상 젊지 않다는 것을, 그리고 사실은 젊음이 자신과는 어울리지 않았음을 수궁하게 받아들였다. 호르몬에 기반한 설렘에 근거해 한 세상이 빚어지고 무너질 일이 없다는 것, 이제 그런 일들은 어딘가에서 암세포가 자라고 있다든가 아이가 학교폭력에 연루되었다든가 생계형 연극을 하는 자신을 혐오할 때나 생긴다는 것도.

"요새 일자 눈썹이 유행이래. 어려 보인다고."

"그런 거 안 해도 완벽해. 당신은 존재 자체로 모든 여자들을 기죽이잖아."

빈말은 아니었다. 처음 그녀가 호감을 표해왔을 때 과분하단 생각에 위축되었던 건 사실이니까. 자신은 흔한 표현으로 개천에서 난 용, 아니 섬마을 갯벌의 지렁이쯤 된다는 것이 냉철한 주제 파악이었다. 그런 석진에게 수미는 승천을 약속하는 여의주에 진배없었다. 로펌 대표인 그녀의 아버지는 IMF 때 바닥을 친 부동산을 주워 한 재산 일군 인물이었다. 수미의 하관이 빨아 박복한 관상이라며 석진의 아버지는 투덜댔지만 형편이 지나치게 기우는 혼사에 무안해 한번 해보는 소리일 뿐이었다. 박복이라니. 그건 수미와 맞지 않는 단어였다. 석진 자신의 집안에나 찰떡처럼 어울리는 단어 아닌가.

조건만 따진 건 아니었다. 샴고양이처럼 길고 가는 수미의 몸엔 덕지덕지 붙은 노동의 흔적이 없어서 좋았다. 강렬한 굴곡의 눈썹에서 풍기는 비현실감도 서늘했다. 석진 스스로가 청소년기 내내 작달막한 체구와 흐릿한 인상에 열등감을 품고 있기도 했다. 그런데 그 잘생긴 눈썹을 밀어버리다니.

"당신이 손질한 거야?"

"브로 바에 가면 눈썹 칼로 한 올 한 올 밀어줘. 당신이 수염 다듬으러 바버숍 가는 것처럼."

"털 전문가들 세상이군."

"요새 아랫도리 털 깎아주는 왁싱숍도 많잖아."

수미가 깔깔 웃으며 말했다. 다들 고상 떠느라 못 하는 말을 톡톡 쏘아내도 추하거나 밉지 않았다. 그저 그럴 권리를 타고난 자의 해맑음이 피부 속부터 흘러넘쳤다. 석진은 이럴 때의 수미를 좋아했다. 아니, 이런 여자를 차지한 자신을 좋아했다.

"눈썹 칼 하니 말인데…… 오늘 마지막 환자가 뭘 삼키고 왔는지 알아?"

"뭔데?"

뜸 들이는 걸 좋아하지 않는 수미가 생각도 해보지 않고 물었다.

"면도날."

"와우. 뭐 하는 사람인데?"

수미가 미국 드라마의 주인공처럼 어깨를 으쓱했다.

"남동공단 여공이야. 조선족이고."

"얼굴은? 예뻐?"

"예뻐."

수미를 도발해보고 싶었다. 과연 수미의 얼굴은 광채를 잃고 초조해졌다.

"좋았겠네. 칼 삼킨 미녀라니."

입술을 삐쭉거린다.

"질투하는 거야?"

"미녀 도우미 칼로 써는 서커스 좋아하잖아, 남자들."

큰아들 지훈이 좋아해서 종종 마술 공연이나 서커스를 보러 가곤 했다. 공연의 클라이맥스엔 상자 속 여자와 칼이 등장했다. 아찔한 드레스를 입은 미녀가 상자 속에 갇힌 채 관통당하는 모습에 관객들은 숨을 멈추고 침을 삼켰다.

"칼은 왜 먹었대?"

"모르지. 근데 실려 온 게 아니라 제 발로 걸어서 왔어."

"흥미롭네. 칼로 긋는 애들은 봤어도 칼을 먹는다니, 신선해. 완전 신선해."

루콜라 샐러드를 평할 때 썼던 단어를, 수미는 두 번 반복했다. 그러더니 마지막 남은 안심 조각에 핏물 섞인 버터를 끼얹어 우물거렸다.

'새 모이처럼 먹는 여자가 어쩐 일이람.'

다금바리나 대게가 먹고 싶다고 조르다가도 막상 먹으러 가면 서너 점 먹고 젓가락을 내려놓는 수미였다. 포만감이 호흡을 방해하는 느낌이 싫다고 했다.

"더 신기한 건 주기적으로 온다는 거야."

"소름 돋네. 그쯤 되면 진단명이 여러 개겠는데. 민준 씨한 테 물어봤어?"

민준은 여의도에서 정신과를 운영하는 석진의 친구였다. 점심시간이면 몰려와 눈물을 한 바가지 쏟고 가는 직장인들 덕에 일대의 돈을 긁어모으고 있었다. 개원한 03학번 동기 중 가장 성공한 사례로 꼽을 만했다. 근처 대형 병원의 원장인 아버지 덕에 목 좋은 곳에 자리 잡은 그를 석진은 은밀히 질투했다. 특징 없이 밋밋한 석진 옆에 서면 더 돋보이는 귀공자풍 얼굴도.

"묻긴 뭘 물어. 그 새끼가 제일 정신병잔데."

"하긴 민준 씨 대학 병원에서 쫓겨난 게 포폴 빼돌린 거 들 켜서였지?"

"어디 가서 얘기하면 안 돼."

"그럼. 나 솔직히 프로포폴 맞는 게 왜 나쁜지 모르겠어. 자기 인생 자기가 파먹겠다는데 나라님이 왜 간섭이야. 나는 나를 파괴할 권리가 있다. 무슨 소설 제목도 있잖아."

"그럼 그 칼 먹은 여자도 자기 파괴의 권리를 행사한 건가?"

"그 여잔 민준 씨랑 결이 다르지. 피곤한 의사가 우유 주사 맞고 꿀잠 자는 거랑 공순이가 칼 삼키고 쇼하는 거랑 같아? 전자는 자가 처방이고 후자는 서프라이즈 공연이지. 관종의 공연."

"관객이 누군데?"

"공장 사람들이겠지. 월급 밀린 거 아냐?"

"그렇게 단순한 걸까."

"순진한 소리 마. 돈이 세상에서 제일 복잡한 거야."

"......"

"나 이제 들어가봐야 돼. 마스터 선생님 들르기로 하셨어. 센터 청소 좀 해야겠어."

"제자들 순회 지도 하러 열심히 다니시네. 충성도 테스트인 가."

"필라테스 바닥도 발레랑 똑같아. 군기가 장난 아냐. 근근이 번 돈을 다시 마스터들 워크숍에 갈아 넣는 구조지. 강사들 쫙 불러 모아 놓으면 사뿐사뿐 왕림하셔서 핸즈온 몇 번 베풀어주시고. 요새 고객들이 강사 스펙을 오지게 따지거든. 어느 나라 자격증인지, 재활 코스는 들었는지, 트리거포인트 테라피는 할 줄 아는지, 자이로토닉도 가르칠 수 있는지, 유명한 누구한테 배웠는지 등등. 반반한 외모 갖고 셀카나 올리면서 먹고살긴 어려운 시절이 왔다니까."

"하긴, 송도엔 파리바게트보다 필라테스 센터가 많잖아."

"남의 이야기 하듯이 여유 부리지 마. 내과는 더 많으니까."

"예기불안이 몰려오네."

"괜찮아. 이 염수미만 믿어. 이제 진짜 가야겠다. 목걸이 고마워. 자기 정말 많이 컸다. 연애 초반에 생일 선물이라고 상품권 줬던 게 기억나네."

"내 딴엔 실용적이라고 고른 거였는데."

"딸기 케이크 한 조각은 선물이 될 수 있어도 20킬로 쌀 한 포대는 선물이 못 돼. 쌀 포대가 더 비싸도 말이지. 선물의 세계에선 무용한 게 유용하고, 유용한 게 무용하다니까."

"그럼 가장 무용한 음식인 디저트는 왜 뛰어넘어? 크렘 브륄레 안 먹고 가?"

"마흔 넘으니 당 들어가면 가차 없어. 먹는 데 3분, 빼는 데 3개월."

말과 달리 군살 한 점 없는 배를 두드려 보이며 수미는 손을 들어 서버를 불렀다.

"여기, 빌지 주세요."

빌지라는 기묘한 단어를 석진은 수미에게서 처음 들었다. 발레파킹, 컴플리멘터리, 올인클루시브 서비스. 낯선 단어를 제 사전에서 꺼내 쓰는 수미의 당당함에 속절없이 매료당했었지.

"난 커피 마신 뒤에 지훈이 태워서 들어갈게."

"고마워, 자기."

계획에 없던 영훈을 낳은 후 석진은 육아에 적극적으로 임했다. 첫째 지훈의 라이딩도 석진이 전담하고 있었다. 수미보다는 자신을 닮은 소심한 지훈에게 마음이 쏠리는 것도 사실이었다. 커피를 마시며 조금 전의 대화를 곱씹던 석진은 휴대폰을 들어 메신저 대화방에 들어갔다. 친한 동기 대여섯 명이 증권가 지라시나 진상 환자 뒷담화를 공유하는 곳이었다.

최근에는 개원 관련된 질문과 노하우 전수도 왕성했다. 살인적인 SCI 논문 압박과 지도 교수의 갑질을 참아내다 임용에 성공한 동기들과는 애저녁에 멀어졌다. 자격지심일 수도 있겠으나 일단 교수 명함을 판 뒤부턴 페이 닥터 동기들을 무시하는 기색이 역력했다. 출산 후 일을 쉬거나 재미在美 중인 여자 동기들과도 연락이 끊겼다.

결국 남은 것은 애매한 규모의 중소 병원에서 일하며 하루에도 몇 번씩 개원을 고민하는 이 친구들이었다. 월급쟁이 생활이 속은 편했지만 그래도 한 번쯤 제 이름 단 병원을 차려보고 싶은 마음들이 없지 않았다.

몰래 저장해둔 내시경 사진을 올렸다. 지겨운 오후 근무 중에 흥미로운 먹잇감을 문 친구들이 빠르게 반응했다.

—대박.

—화끈한데. 여자? 남자?

—칼 맞지?

—면도날.

—미친. 왜 그랬대.

—모르지. 소름 돋게 주기적으로 온다? 이런 케이스 본 적 있냐.
참, 사진은 저장하지 말고 지워. 환자 개인정보 유포로 수갑 차
긴 싫으니까.

—에이, 여기서 우리끼리 보고 마는 거지. 밖에다 이런 얘길 할 사
람이 누가 있다고.

—내부자가 위험하지. 민준이새끼 마누라 판사잖아.

제 이름이 언급되자 민준이 대화에 참여했다.

—낚싯바늘 삼킨 환자는 본 적 있어. 자기가 물고기라고 믿는 아저
씨였는데.

—미친. 어지간히 낚이고 싶었나 보네.

—말도 마라. 헤라 여신을 자처하는 여자도 있었는데 뭐. 이쁘긴
이뻤어. 다 나은 줄 알고 퇴원시키려고 하니까 동의서에 헤라라
고 사인하더라.

—으하하하.

—그래서 어떡했냐?

　—어떡하긴. 다시 입원시켰지.

　대부분 소화기내과라 위염 환자나 마취 상태의 내시경 수
검자만 보는 그들은, 민준이 들려주는 에피소드를 감칠맛 나
게 듣곤 했다.

　—그래서 칼은 잘 꺼내드렸냐? 위치가 좀 어려워 보이는데.

　—짬밥에서 오는 가락이 있잖냐.

　—근데 그거 주기적인 거면 결국엔 얼마 못 갈 거야. 몇 번쯤 저러
　　고 왔냐?

민준이 물었다.

　—한 일고여덟 번 되나.

　—면도날 저게 열 개가 한 세트잖아. 머잖아 영안실 직행한다에 내
　　자격증을 건다. 너희 병원 근처면 공장 사람이지? 걔네는 허튼
　　장난 잘 안 쳐. 진지한 리허설일 거야.

　—새끼. 정신과 의사가 아니고 점쟁이네.

　—죽기 전에 손이라도 한번 잡아드려.

　—다시 볼 일이 있겠냐. 석진이 곧 개원인데.

—부러워 죽겠네. 돈 튀는 처갓집 없는 놈은 억울해서 살겠나.

—병원 위치가 그렇게 좋다며? 무릇 가진 자는 더 가지게 될 것이요, 없는 자는 그 있는 것까지 빼앗기리라.

—아멘. 이 원장님 개원 선물 뭐 받고 싶으십니까? 어디 좋은 데 한번 갈까?

—됐어. 팔팔정 없인 요새 서지도 않아.

—벌써?

—이제 우리가 살아남는 방법은 둘 중 하나야. 불쌍해 보이거나 귀여워 보이거나.

예과 때부터 사귀던 동기와 결혼한 민혁이 끼어들었다.

—근데 석진이 너는 개원하고도 계속 수염 기를 거냐?

—나이 들어 보이면 좋지. 늙은 의사도 꺼리지만 너무 젊어도 깔보잖아.

—우리 이제 너무 젊지 않아. 괜히 양아치인 줄 알면 어떡해.

—석진이 저놈은 수염이 아니라 용 문신을 감아도 모범생처럼 보일걸.

—그건 그래.

—걱정들은 고맙다만 코로나 이후론 마스크 쓰고 있는데 뭐. 속으로 환자 욕할 수 있어서 아주 감사해.

―어, 너도 그러냐.

대화는 어느새 코인과 주식 이야기로 넘어갔고 면도날 환
자에 대해 다시 묻는 이는 없었다.

3장

미진 내과

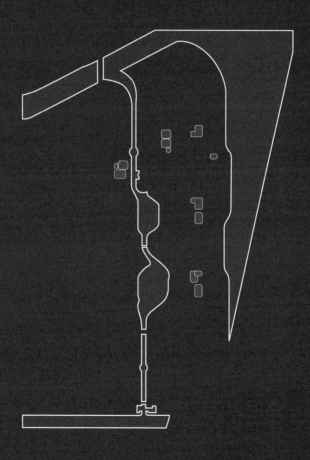

아내보다도 윤 간호사에게 면이 서질 않았다. 잘 다니던 병원을 그만두고 석진을 따라 송도로 온 그였다. 어린아이가 셋이나 있고 연하인 남편 벌이도 시원찮은 사정이 훤한 사이였다. 병원 문을 열고 나타나는 환자는 하루에 다섯 손가락을 겨우 채웠다. 장모가 개업 선물로 준 리트만 청진기를 쓸 일도 별로 없었다. 개업 후 일이 년은 순수 적자라고, 버티고 봐야 한다던 컨설턴트의 말에 각오를 하지 않은 것도 아니었다.

하지만 바로 옆 빌딩에 줄기세포 센터를 내세운 차 내과가 들어선 것은 계산 밖이었다. 노화는 질병이라며 줄기세포 치료를 한다는 입간판을 보고, 멍청한 환자들 주머니 터는 사기꾼으로 치부했다. 영생을 연구한다는 하버드 의대 교수의 사진을 병원 홍보물에 도배해둔 것도 우스웠다. 누가 보면 데이비드 싱클레어가 직접 진료를 보는 것으로 착각할 만했다.

'초상권 침해 아닌가.'

호기심을 이기지 못하고 차 내과 홈페이지에 접속해보았다. 연예인처럼 메이크업을 하고 팔짱을 낀 의사의 사진에서 사기꾼 냄새가 풍겼다. 기회만 되면 종편 같은 데 나가 쇼 닥터가 되기를 앙망하는 유형이었다. 쓴웃음을 지으면서도 석진은 병원 홈페이지 관리 업체를 검색해보았다. 전문적으로 병원 리뷰와 홍보, 체험단 활동을 알선해 주는 곳들이 솔찬히 많다고, 민준이 귀띔해주었다. 그러다 오늘 아침 출근길, 건물 바깥에 새로 걸린 현수막과 눈이 마주쳤다. 그 속에서 인자하게 웃고 있는 사람은 석진도 잘 아는 얼굴이었다. 은사 차은혁 교수였다.

'대학 병원에서 은퇴한 교수까지 스카우트해 온 걸 보면 만만찮은 족속이구먼.'

속도를 늦췄던 차의 액셀을 신경질적으로 밟았다. 그 바람에 과속방지턱에서 석진의 몸이 튀어 올랐다. 순간, 차 내과 원장과 지도 교수의 성이 같다는 걸 깨달았다. 희성稀姓이니 우연만은 아닐 듯했다. 데스크에 앉아 인터넷 예약 접수를 확인하던 윤 간호사의 인사도 받는 둥 마는 둥 하고 진료실로 들어가 손을 씻었다.

용하다는 신점을 찾아 대전까지 다녀온 수미는 석진의 사주에 사업 운이 없다고 했다. 점쟁이 말이라면 베개마다 부적을 넣고 집 인테리어도 뒤집어엎던 사람이 의외로 개원을 포기하지 않았다. 그녀는 지훈과 영훈도 의사로 만들 작정이었다. 아들들이 성장했을 때 기반이 잘 닦인 병원을 크리스마스트리 아래 선물처럼 세팅해놓는 것. 병원 입구에 앉아 흐뭇하게 손님들을 맞이하는 사무장이 되는 것. 그게 수미의 꿈이었다.

"내가 재복이 있고 남편 운길 터주는 사주라 괜찮대. 부적만 꼬박꼬박 잘 쓰면. 당신 장가 하나는 기똥차게 든 줄 알아."

굳이 대전까지 가서 확인하지 않아도 제 성격은 제가 잘 알았다. 붙임성 없는 체질에 웃음과 경련이 구분되지 않는 얼굴. 페이 닥터 때도 새던 바가지가 원장이 되었다고 들러붙지는 않았다. 나름대로는 친절을 쥐어짜내 진료를 봤다. 하지만 하루 종일 앵무새처럼 같은 말을 반복하다 보면 자신의 말이 스팸메일처럼 전락하고 있는 것이 느껴졌다.

인터넷에서 검색해 온 건강 정보로 백분토론을 하고 싶어 하는 내원객이나 장 청소를 제대로 안 하고 온 수검자는 피로감을 더했다. 유난히 말이 긴 환자들에게 경청하는 척하고 있다 보면 호흡이 가빠지고 헛기침이 났다. 세금이며 장비 대여비, 간호사 월급 정산까지. 체면만 아니면 적당한 중소 병원으로 돌아가고 싶을 때가 한두 번이 아니었다.

이런 상태라면 수미의 꿈이 이뤄지긴 요원했다. 송도의 트레이드마크랄 수 있는 호텔 빌딩에 자리를 튼 것부터 무리수였는데 인테리어에 계획보다 돈을 더 쓰게 되었다. 수미는 국제도시를 표방하는 동네 분위기를 고려해야 한다고 우겼다.

20대 초반에 본 드라마 〈섹스 앤 더 시티〉가 수미의 감성과 취향의 규준이었다. 센트럴 파크, 베이글 전문점, 브런치 맛집들, 뉴욕 주립대와 디자인스쿨 분교, 너무나 한국적인 이목구비를 하고 영어로 대화하는 엘리베이터 속 가족. 아닌 게 아니라 주변을 둘러보면 여기가 송도인지 맨해튼인지 헷갈릴 정도였다.

내과는 이용자의 범위가 넓었다. 청소년부터 노인까지 왕래하는 환자들이 많다 보니 연령대나 성별에 구애받지 않고 그저 편안하고 소박한 공간이면 된다고 석진은 생각했다. 거창한 인테리어도 필요 없었다. 내원객들의 불필요한 질문이나 혼란을 피하려면 동선이 단순한 게 중요했다. 하지만 엎어진 물이었다. 스티브 잡스가 애용했다는 까시나 소파의 해외 배송을 기다리느라 개원 날짜까지 조정해야 했다. 원단과 컬러, 스티치까지 고민하던 수미와 장모는 번갈아 두통과 구내염을 호소했다.

석진은 혀를 묶고 쌓여가는 불만을 숨겼다. 영양수액과 마늘주사로 두 사람의 열정을 찬조하기도 했다. 그들은 도장이며 벽지, 마감재 하나까지 최고급을 고집했다. 비용이 문제가 아니라 그들의 취향에 걸맞은 상품과의 교감이 문제였다. 부일 병원 두 달 치 월급 정도의 비용을 내고 설치한 조명에 고급스러움이 부족하다며 고개를 젓는 수미를 향해 마침내 지친 내색을 했다. 그녀가 혀를 차며 말했다.

미진 내과

"자기, 급이라는 건 말이야. 신상 람보르기니처럼 돈을 낸다고 살 수 있는 게 아냐."

결국 두 여자 덕에 미진 내과는 개원 3주 만에 인테리어 전문 잡지의 표지를 차지하게 되었다. 그렇게 제 이름을 딴 병원에서 손님처럼 어그정거린 지 두 달째. 폐업을 앞둔 호텔 로비 분위기를 풍기는 미진 내과였다. 그나마 오는 이들도 공단 검진을 해치워야 하는 이들이나 입사를 앞두고 신체검사서가 필요한 이들뿐이었다. 문제는 또 있었다. 수익을 올리려면 소소하게 아픈 데가 많은 환자들, 즉 노인들의 충성도를 확보하는 게 관건이었다. 하지만 송도는 하루 종일 걸어도 노인을 보기 힘든 신도시였다. 식당에 들어서면 자신이 가장 연장자일 때가 많았다.

진료실 의자에 하릴없이 앉아 있는데 전화가 울렸다.

"이 시간에 어쩐 일이야."

"자기, 화 안 나?"

"다짜고짜 무슨 소리야."

"옆 건물에 차 내과. 거기 새로 왔다는 노인네가 자기 지도교수 아냐?"

"맞아. 나도 오늘 알았어."

"너무하신 거 아냐? 제자가 살아보겠다고 차린 병원 옆에 와서 장사 방해하시면 어떡해."

"모르셨겠지. 말씀 안 드렸으니까. 따지고 보면 내 잘못이지. 교수님한테 연락 끊고 산 건 나잖아."

석진이 박사과정에 등록하지 않고 로컬로 나간다는 말에 지도 교수는 대노했었다.

"몰랐을 리가 없어. 그 정도 규모로 개업할 땐 송도의 내과란 내과는 다 조사하고 시작했을 텐데. 홈페이지 들어가 보니까 원장이 아들이던데."

"안 그래도 성이 같더라."

"이 양반 말투 느긋한 거 봐. 아무튼 어쩔 거야. 요새 사람들 의사 고를 때 고등학교 학벌까지 따진다고. 대학교수 출신이 진료 본다면 옳다구나 하고 달려가서 줄 서기 시작할걸."

"……."

"안 되겠어. 일단 내가 SNS 계정 하나 파줄 테니까 오늘부터 무조건 게시물 세 개씩 올려. 맘카페는 내가 작업할게. 나 마담 송도에서 퀸즈 등급이라 게시글 작성 권한 있거든. 후기인 것처럼 홍보 글 올리면 돼. 그리고 뭔가 킥을 생각해 와. 우리만 할 수 있는 그런 킥."

"원장 마누라가 이쁘다는 거?"

"끊어."

"미안, 미안."

"자기 대학 때 봉사 동아리였지? 마다가스카르까지 가고 그랬잖아."

"그랬지. 그건 왜?"

"그럼 의료봉사로 이미지 메이킹 하자. 사람들이 스토리텔링 좋아하잖아. 우리 센터도 주기적으로 원도심 학교랑 노인정 가서 봉사하고 오거든. 강사 중엔 물리치료사 출신도 많으니까 어르신들이 시원하다고 좋아하서."

"그런데 내가 지금 마다가스카르를 어떻게 다시 가. 지훈이 학원은 어쩌고."

"썰렁한 농담 하지 말고. 전에 근무하던 병원 동네에 외노자 많댔잖아. 그리 가면 되겠네. 요새 다문화 감수성이 대세니까."

"남동구?"

"내가 알아봐놓을게. 암튼 정신 똑바로 차리자, 이석진 원장님."

"그래, 고마워."

전화를 끊자마자 드디어 오늘의 첫 번째 환자가 왔음을 알리는 메신저가 울렸다. 문을 열고 들어온 환자는 구면이었다. 변비약과 식욕억제제를 타 갔던 인근 대학생이었다.

"흠, 흠."

"원장님, 한 번만 부탁드려요."

"안 됩니다. 지금 BMI도 위험해요."

"교수님이 저 여기서 더 찌면 배역 바꾼다고 하셨어요. 발레리노들 허리 작살낼 생각이냐고."

"지금도 충분히 말랐지만 전공 특성 때문이라면 차라리 유산소를 늘려요."

"운동이라면 하루에 열 시간도 더 해요. 죽을 만큼 뛰고, 죽지 않을 만큼만 먹는다고요. 목이 타서 죽을 것 같아도 물 한 모금도 안 마셔요. 저 저주받은 체질이거든요."

흔한 레퍼토리였다. 물만 먹어도 살이 찐다는 이들의 식단을 들어보면 도넛에 샌드위치, 액상과당 음료까지 먹어놓고 쌀밥을 안 먹었다는 이유로 끼니를 걸렀다는 경우가 많았다. 정말 먹지 않는데도 살이 찐다면 노벨의학상감이겠군. 석진은 실소를 숨겼다.

"그러시군요."

"사실은요……."

여기서부터가 참말일 것이다. 환자들은 진료 시간의 대부분을 거짓말로 낭비하다 나갈 때가 되어서야 사실을 내놓는다.

"낮에는 잘 참는데요. 밤만 되면 자꾸 폭식하고 토해요. 칫솔로 목구멍을 찔러서 피도 나고요. 스물한 살인데 이도 삭았어요. 그럴 바에야 식욕억제제 도움받는 게 낫잖아요. 정말 이번 공연까지만 나비약 쓸게요."

"저도 의료인으로서의 윤리라는 게 있는데 계속 이러시면 곤란합니다. 이번까지만입니다."

"감사해요, 원장님. 병원 추천 책임질게요."

체육인들의 의리란 실재하는 것이었다. 그다음부터 비슷비슷한 체형과 올림머리의 무용수들이 병원에 들러 식욕억제제를 처방받아 갔다. 윤 간호사가 정리해둔 초진 환자 설문지를 살펴보니 지인 추천으로 왔다는 이들이 대부분이었다. 소식을 들은 수미가 화색을 띠며 말했다.

"우리 센터 회원들한테도 대놓고 홍보해야겠다. 자기, 삭센다 넉넉히 있지? 요가원 하는 지안이한테도 얘기해놓을게. 탈의실 같은 데 팸플릿도 갖다 놓고."

"너무 노골적으로 하진 마."

"내 친구는 남편 정형외과 옆에 센터 차렸다고."

"부부끼리 MOU라니 신선하네."

"컬래버레이션이라고 해두자. 윈윈이지 뭐. 아무튼 입소문도 좋지만 핵심은 SNS야. 그때 말한 의료봉사 자리, 구해놨으니까 다녀와. 콘텐츠가 좋잖아. 사각지대에 방치된 외국인 노동자들의 건강을 위해 일요일을 헌납하는 의사."

일요일 아침, 석진은 수미가 건넨 라이카 카메라를 조수석에 실은 채 남동구로 향했다. 얼마 전까지 오가던 출퇴근길이었다. 투명한 유리 빌딩으로 가득한 송도의 풍경이 사라지고 바다의 비린내가 풍겨올 때쯤, 석진은 회상에 빠져들었다. 남동생을 공부시켜 주겠단 약속에 속아 섬으로 시집온 어머니는 시모에게 뺨을 맞아가며 칼국숫집 일을 배웠다. 섬 곳곳에 널린 슬레이트 주택의 1층을 개조한 가게로, 섬사람들보다는 외지에서 온 낚시꾼들을 상대했다. 아버지는 그들이 재미로 잡은 생선을 회 쳐주고, 할머니와 어머니는 소주에 곁들일 칼국수를 말았다. 그 핏물과 국물로 석진은 뱃구레를 키우고 가방끈을 늘렸다.

모질게 군기를 잡던 시모가 풍을 앓다 죽고, 석진의 의대 입학을 축하하는 플래카드가 걸린 무렵이었다. 비린 냄새가 첩첩이 밴 어머니의 몸속에 수상한 것들이 퍼져 나가기 시작했다. 병원비 아까운 티를 숨기지 않는 아버지 때문인지 어머니는 수술을 거부했다.

집에서 보낸 마지막 몇 달간, 어머니는 전에 없던 식탐을 냈다. 지독하게 단것들만 골라서. 한평생 군것을 바치지 않던 터라 의아한 일이었다. 신림동의 기숙사에서 묵던 석진은 토요일이면 찹쌀도넛과 꽈배기를 사서 배를 탔다. 어머니는 아들보다 그것들을 더 반겼다.

"단것만 찾으시면 어떡해요. 영양가 있는 걸 드셔야죠."

"됐다. 살면 얼마나 더 산다고. 난 이제 밥상만 봐도 진저리가 난다. 국수 밀고 생선 치고 육수 끓이고. 비리고 짠 거라면

미진 내과

신물이 올라와. 난 죽는 것도 안 무섭고 지옥불도 안 무섭다. 지옥이 별거냐. 주방이 내 지옥이었는데."

"……."

"너 임신했을 때 생선 손질하기가 왜 그리 싫던지. 목구멍이 포도청이니 할 수 없었지. 사람 구멍 중에 제일 징그러운 게 목구멍이더라. 꿀빵 딱 하나만 먹으면 살 것 같더니만."

통영이 고향인 그녀가 가장 먹고 싶어 했던 것은 꿀빵이었다. 팥앙금을 넣고 뭉친 밀가루를 튀긴 다음 시럽과 통깨를 잔뜩 묻힌, 보기만 해도 혈당이 치솟을 듯한 그 빵을 구할 길이 요원했다. 온라인으로 지역 특산품을 구매하기도 어렵던 시절이었다. 예과 1학년 2학기, 크리스마스까지도 끝나지 않는 시험 때문에 쩔쩔매던 석진이 마침내 통영행 버스를 예매했을 때, 어머니가 혼수상태로 들어갔음을 알리는 아버지의 전화가 걸려 왔다.

장례식에서 석진은 눈물을 흘리지 않았다. 귀성하자마자 밀린 공부를 하고 과외도 재개했다. 그렇게 모은 과외비로 해외 의료봉사 동아리에 가입했다. 비용이 좀 들더라도 덕적도에서 가장 먼 곳으로 가고 싶었다. 거기서 만난 동아리 친구에게 훗날 수미를 소개받았으니 봉사로 덕을 본 건 석진인 셈이었다. 덕적도에는 1년에 한 번 어머니 기일에만 출입했다.

수미가 일러준 곳에 도착해보니 생각보다 규모가 큰 봉사

단체였다. 내과, 안과, 치과를 비롯한 다양한 전공의 의사들을 비롯해 한의사와 간호사, 진행을 돕는 봉사자들로 일대가 복작였다. 진료를 받으러 온 외국인들의 얼굴엔 만성화된 피로가 두툼하게 쌓여 있었으나 아픈 몸을 내보일 수 있다는 설렘 역시 엿보였다.

오전 내내 이어진 진료가 끝나고 점심시간이 시작되었다. 간호사회와 대학 병원에서 후원한 도시락과 간식이 풍성했다. 의료봉사단 조끼를 입고 주황색 스카프를 두른 윤 간호사가 도시락 두 개를 가지고 석진에게 다가왔다.

"원장님, 시장하시죠?"

"쉬는 날에 불러내서 미안해요."

석진은 반으로 가른 나무젓가락을 꼼꼼히 비빈 뒤 건넸다.

"원장님의 젓가락 서비스를 받을 수 있다니 감읍합니다. 이 봉사 매주 와야겠는걸요."

"제가 평소에 그렇게 별로였습니까?"

"말도 마세요."

"아내도 항상 불만이죠."

"어, 원장님. 저기……."

윤 간호사의 젓가락 끝을 따라 시선을 옮겼다. 그곳에 서 있는 건 면도날, 아니 백유화였다.

치과 검진 부스 앞에 줄을 서 있던 유화는 석진 일행을 보지 못한 눈치였다. 하긴 내시경을 넣을 때 본 그녀의 이는 엉망이었다. 나이답지 않게 어금니가 으스러져 있었다. 이를 꽉 깨무는 버릇의 증거일 것이다. 다른 치아에도 실금들이 가 있었고, 혀끝엔 울퉁불퉁한 치흔이 가득했다. 하지만 봄 햇살을 받으며 사람들 사이에 섞여 있는 유화의 얼굴은 병원에서 볼 때와는 다른 느낌을 풍겼다. 뿌연 회색 티셔츠에 벙벙한 청바지 차림. 신발은 예의 그 장화였지만 사정을 모르고 보면 앳되다는 인상을 줄 정도였다.

"정말 신기한 사람이에요. 칼 먹고 병원 오는 사람이 치과 검진을 받겠다고 의료봉사를 찾아오다니."

"환자들 속마음을 이해할 필요는 없죠."

"원장님은 사람들 사연이 안 궁금하세요?"

"그게 궁금했으면 다른 과를 갔겠죠. 전 속마음 말고 그냥 속만 봅니다."

점심 식사 후 진료가 이어졌다. 윤 간호사가 사진을 찍어주었다. 여덟 시간의 봉사를 마친 석진은 사은품이며 간식거리를 차 트렁크에 쑤셔 넣었다. 집까지 데려다주겠다며 예의상 꺼낸 말을 거절한 윤 간호사가 버스 정류장으로 떠난 뒤였다. 세차를 걸러 부옇게 먼지가 앉은 트렁크 문짝을 닫으려는 찰나, 거칠한 목소리가 들려왔다.

"의사 선생님…… 아니에요?"

"유화 씨. 오랜만입니다."

"제 이름을 기억하시네요."

어색한 침묵이 감돌았다. 석진은 트렁크의 간식 꾸러미 속에서 마시는 요거트 한 병을 꺼내 유화에게 내밀었다. 유화는 고개를 가로저으며 말했다.

"요거트 안 먹어요."

"유당불내증이라도?"

"그게 뭔데요. 그런 어려운 단어는 몰라요."

"우유나 치즈 같은 유제품을 소화 못 시키는 체질이요."

"그런 고급 체질 아니에요."

"그럼 왜……."

"요거트 공장에서 일하거든요. 이 근처 소래요거트. 매일 보다 보니 지겨워서."

"아."

"부자는…… 됐어요?"

뜻밖의 말에 석진은 웃음을 터뜨렸다.

"부자는커녕 빚더미에 앉게 생겼습니다. 머지않아 굶어 죽을지도 몰라요."

과장 섞인 농에도 유화는 웃지 않았다. 유화의 시선이 석진의 수염께에 머물렀다. 바버숍 갈 주기를 조금 놓친 참이었다. 맨얼굴에 마스카라만 짙게 바른 유화의 눈이 반짝였다 다시

미진 내과

흐려졌다. 거뭇해진 수염을 무연히 바라보던 유화가 한참 만에 마른 입술을 뗐다.

"굶어 죽으면 안 되죠. 내가 밥 사줄까요?"

뜻밖의 말이 훅 치고 들어왔다. 만만치 않은 여자라는 생각에 숨이 막혔다. 엮이면 골치 아픈데……. 하지만 칼을 삼키던 여자가 밥을 먹는 모습은 어떨지 사뭇 호기심이 일었다. 무엇보다 저 텅 빈 눈. 그 안에서 켜졌다 꺼지는 불꽃의 정체가 궁금했다. 한 번만 검은 속눈썹의 안쪽을 들여다보고 싶었다.

유화가 이끄는 대로 인근 식당 안으로 들어섰다. 초가집 모양을 흉내 낸 외관의 음식점이었다. 순대를 쪄낸 김이 자욱한 주방에서는 쉴 새 없이 국밥이 말아져 나오고 있었다. 비슷한 모자와 낚시 조끼 차림의 늙은 남자들이 티브이를 바라보며 뚝배기를 비우고 있었다. 종편 뉴스에서 기름진 얼굴들이 흘러나왔다. 테이블마다 예외 없이 녹색 소주병들이 오똑 서 있었다.

"여기 자주 오나 봐요?"

"거의 매일."

전에도 느꼈지만 이질감을 느낄 수 없는 억양과 어휘의 사용이었다. 남동구의 병원에서 일하면서 조선족을 자주 진료했던 석진으로서는 유화의 그런 면이 수상쩍게 느껴졌다.

"그런데 유화 씨, 궁금한 게 있는데……."

"순대국밥 두 개요."

유화가 주방을 향해 검지와 중지를 뻗어 보이며 석진의 말을 막았다. 소주 이름이 적힌 앞치마를 맨 종업원이 깍두기와 새우젓을 조심성 없이 내려놓았다. 중국산 새우의 뭉개진 수염을 보며 석진은, 식재료의 원산지와 종업원의 태도에 깐깐한 수미를 떠올렸다. 수미는 특히 손님에게 셀프로 뭔가를 시키는 식당을 혐오했다. 어쩌다 그런 곳을 가면 석진은 눈치를 보며 재바르게 움직이곤 했다.

서랍에서 수저를 꺼내고 물을 따르는 석진의 왼손 약지, 톱니 모양의 부쉐론 결혼반지에 유화의 눈이 머무르는 것 같았다.

"여기 국밥이요. 맛있게 드세요."

종이 냅킨 위에 나란히 뉜 수저를 집어 든 유화가 종업원을 향해 고개를 까딱했다.

"감사합니다."

그러곤 석진 쪽을 한번 바라보지도 않은 채 무서운 속도로 뚝배기 속의 내용물을 비워내기 시작했다. 하, 하 소리를 내며 입안에서 순대를 굴리면서도 유화는 누가 쫓아오는 듯 수저를 놀려 다음 순대를 떠 넣었다. 가까이서 보니 회색 티셔츠의 손목 부분에 자잘한 실밥들이 튀어나와 있었다.

"천천히 들어요. 입천장 다 데겠어요."

앞접시에 순대 몇 개를 덜어놓고 식히던 석진이 유화를 만류했다.

"뜨거운 맛으로 먹는 거니까."

유화가 입가에 들깻가루를 묻힌 채 대꾸했다. 무안해진 석진이 쩔쩔 끓는 국물 한 숟갈을 입에 넣었다. 지독하게 뜨겁고 짠 국물이었다. 가뜩이나 낮에 먹은 제육볶음 탓에 목이 말랐던 석진이 스테인리스 컵 속의 물을 연거푸 들이켰다. 국밥을 반 넘게 비우고서야 유화가 속도를 조금 늦추었다. 어쩐지 자존심이 상했다. 석진은 뚝배기를 받침대에 비스듬히 세우고 본때를 보여주듯 먹기 시작했다. 그사이 조금 식은 국물에선 짙은 육향이 풍겼다. 순대 역시 실팍해서 씹는 맛이 있었다.

"수염은 왜 길러요?"

어느새 뚝배기를 다 비운 유화가 느닷없이 물었다. 석진이 먹는 걸 보고 있던 모양이었다.

"안 어울려요?"

"네."

"솔직하시네요."

그때였다. 먼지 쌓인 곽에서 휴지를 뽑아 든 유화의 손이 다가왔다. 그러곤 석진의 수염 위를 눌러 닦았다. 얼떨결에 턱을 맡긴 꼴이 된 석진은 자기도 모르게 숨을 흡 멈추었다.

"남자들은 꼭 수염에 묻히고 먹더라고요."

유화가 늘 해오던 일을 하는 사람처럼 태연히 중얼거렸다.

석진은 눈을 맞추지 못한 채 어색하게 내뱉었다.

"맛있네요."

유화가 손을 멈추지 않으며 답했다.

"내 밥집이에요."

"순대국밥을 좋아하나 봐요."

"안 좋아해요?"

"그건 아닌데. 국물 음식을 찾아 먹진 않아요."

"왜요? 이렇게 수염에 묻을까 봐?"

유화가 그제야 손을 거두었다. 간만의 국물에 속이 풀린 탓일까. 석진이 묻어둔 이야기를 불러왔다.

"칼국숫집 아들이라 국물이라면 신물이 나요. 아, 신물이 난단 건 지겹단 뜻이에요. 어릴 때 매일같이 가게 구석에서 칼국수를 먹었죠. 어머니는 칼로 반죽을 썰고, 아버지는 칼로 생선을 치고."

"……."

"게다가 아내가 국물 음식을 꺼리는 편이에요. 순대 같은 내장류는 특히 질색해서."

수미를 보면 강박과 향유는 종이 한 장 차이란 말이 실감났다. 그녀는 하루에도 몇 번씩 체중을 체크하기 때문에—여행 때도 휴대용 체중계를 챙겼다—음수량을 정확히 조절했다. 나트륨이 높은 국물 음식은 먹지 않았다. 약속이 있을 때가 아

미진 내과

니면 닭가슴살 샐러드와 요거트만 먹었다. 〈올드보이〉 속 주인공이 따로 없었다. 사소한 숫자에 골몰할수록 살아갈 힘이 유지되는 듯했다. 강박자들의 주이상스랄까. 어쩌면 그 정도 강박은 행복일지도 몰랐다.

"식단 조절을 하는 거죠. 운동을 오래 한 사람이거든요."

수미의 변호사라도 된 양 석진이 덧붙였다. 유화가 픽 웃었다.

"의사 선생님도 운동이 취미인가요? 우리 같은 사람은 사는 게 운동인데."

"이래 봬도 산은 제법 타죠. 요샌 바빠서 실내 암장에도 잘 못 나가지만요."

운동 얘기가 나오자 석진의 목소리가 커졌다. 배가 나오는 중년의 운명에 운동으로 맞서고 있다는 것은 내시경 속도와 함께 석진의 자부심이었다.

"암장? 그게 뭔가요?"

"클라이밍이라고……."

석진이 휴대폰의 사진첩을 열어 보여주었다. 로프를 매단 채 인공 암벽을 올라가는 자신의 모습들. 지금은 회원권 홀딩 중인 피커스 클라이밍의 관장이 찍어준 것이었다.

"그러니까, 몸에 줄을 매고 벽을 오르내리는 게 운동이라고요?"

"그렇죠."

유화는 생전 처음 외국어를 들은 아이처럼 다시 물었다.

"이런 걸 돈 주고 한다고요? 돈을 받는 게 아니고?"

"살이 잘 빠지거든요. 그리고 원래……."

"원래?"

"인간은 어디 올라가는 걸 좋아하지 않습니까? 시골 아이들 나무 타는 걸 봐도. 그러니까 높은 곳을 오르며 짜릿함을 느끼는 건 인간의 본능이죠."

유화가 생각에 잠겼다. 한참 침묵이 흘렀다. 어금니를 깨문 뺨에 볼우물이 패었다.

"난……."

유화가 석진의 수염을 똑바로 보며 말했다. 버드나무 줄기처럼 처져 있던 속눈썹이 검은 새의 날개같이 홰를 치며 일어났다. 마스카라 아래 가려져 있던 검은자위, 그 속의 불꽃이 우련히 일렁였다.

"난 내려왔는데. 연변에서 인천으로……. 나, 연변에서 왔어요."

뜻밖의 고백이었다. 석진은 최대한 심상하고 태연한 표정을 지었다.

"알고 있었어요."

"티 났어요? 모르는 사람도 많던데."

"말투 때문에 긴가민가했지만 차트에 국적이 적혀 있었죠."

"이 말투, 돈 많이 든 건데. 서류 앞엔 소용없네요."

"돈이요?"

"마포에서 학원을 다녔어요. 조선족 말투 고치는 스피치 학원이 있어요."

"상상도 못 했네요."

"한국 사람들은 상상도 못 할 일이 많죠."

순간, 또 한 번 눈 속에서 불꽃이 일었다. 석진이 그 안을 들여다보려는 순간 유화의 얼굴은 아무 일도 없었던 듯 천연하게 돌아왔다.

"공장에서 일할 생각은 아니었어요. 처음에 하고 싶었던 건 바리스타였어요."

"멋지네요."

"커피프린스란 드라마를 연변에서 봤거든요. 한국 남자들 다 공유 같을 거라고 생각했어요. 이름은 기억이 안 나는데, 당신처럼 수염을 기른 남자도 나왔었죠. 모델처럼 멋졌는데."

"수염만 있지 멋지질 못해 미안합니다."

석진이 미소 지었다. 유화도 따라 웃었다.

"근데 손님과 대화해야 하는 일은 어려울 것 같았어요. 자격증도 따야 하고. 적당한 공장에서 돈을 벌면서 생각해보기로 했죠. 그때 기숙사 언니들이 그랬어요. 여름에 안 덥고 겨울에 안 추운 곳에서 일하려면 말투부터 고쳐야 한다고. 안 그럼 우릴 보이스 피싱 하는 사람으로만 생각한다고."

"스피치 수업 어렵진 않았어요?"

"모음이 중요해요. 어, 오, 우, 으, 네 가지를 잘 구별해야죠. 그리고……."

"그리고?"

"성조를 버려야죠."

"어떻게요?"

통영 사투리를 고치고도 억양은 남아 있던 어머니를 떠올리며 석진이 물었다.

"한국 사람들 성형 많이 하잖아요. 그거랑 똑같아요. 말 고치는 거나 얼굴 고치는 거나. 돈도 들고 아프기도 아프죠."

"아파요? 말 고치는 게?"

"입이 얼얼할 때까지 볼펜을 물고 말했어요. 하루에 세 시간씩. 학원이 끝나면 배가 고팠어요. 편의점에서 라면을 먹다 보면 국밥 생각이 났죠. 고향에서 학교 다닐 땐 수상시장에 있는 국밥집을 자주 갔거든요. 새벽에만 열었다가 아침 여덟 시면 닫는 곳이에요."

"등굣길에 국밥을 먹었다고요?"

"엄마가 밥을 안 해줬으니까. 국밥 먹을 돈이 없으면 아리

랑 떡집에서 떡이랑 콩물. 그 돈도 떨어지면 4원짜리 고기소
빵."

"햄버거 같은 건가요?"

"빵 사이에 다진 고기를 넣고 쯔란을 뿌려 먹죠."

"맛있겠네요. 또 어떤 게 있어요?"

"순두부, 좁쌀죽, 토닭알, 고수풀, 애배추, 방울토마토, 감자
지지미……. 순대도 팔고 보신탕도 팔고. 사슴 머리도 볼 수 있
죠. 막걸리도 거기서 처음 마셔봤어요."

고향의 시장 이야기에 수다스러워진 여자가 귀엽게 느껴
졌다.

"가보고 싶은데요."

"제일 좋아했던 건 비파였어요."

"비파?"

이번엔 유화가 제 휴대폰을 꺼내 만지작거리더니 사진 하
나를 보여주었다. 살구 같은 빛깔의, 암팡지게 생긴 과일이었
다.

"악기 이름인 줄 알았어요."

"이파리가 그 악기랑 닮았대요. 먹으면 기침이 멈춘대요.
속이 아플 때도 효과가 있고요."

"정말이라면 제가 실업자가 되겠는걸요?"

"그러게요."

"그래도 기침에 좋다니 솔깃하네요. 저는 시도 때도 없이 기침이 나와서."

"기침을 해요? 어디 아파요?"

"그렇다기보단, 일종의 습관이죠. 가슴이 답답하면 저도 모르게 헛기침이 나와요."

"난 몰랐는데."

"그러게요. 유화 씨랑 있으면 기침이 안 나네요."

"국물 때문일 거예요."

국물이 기침뿐만 아니라 소심함도 눅여주었을까. 석진이 다시 한번 줄을 드리웠다.

"학교 졸업하고 바로 고향을 떠난 거예요? 한국에 그렇게 오고 싶었어요?"

"……."

유화의 표정이 차가워졌다. 그럼 그렇지. 모든 걸 솔직히 말해주리란 기대는 없었다. 입을 다물어버리거나 환자들이 그러듯 거짓말을 하겠지.

"실은 꽤 오래 이북 요리점에서 일했어요. 그런 데서 일하면 배는 고프지 않겠다 싶어서. 한복 입은 종업원들이 서른 명도 넘는 큰 식당이었어요. 진짜예요."

팔을 휘두르며 강조하는 유화가 순진해 보였다.

"그랬군요."

석진도 진지하게 맞장구를 쳤다.

"대단한 사람들이 많이 왔어요. 대학 총장, 교수, 한국 박사들. 연변대에서 학회 하면 양복 입은 사람들이 잔뜩 와서 코스 요리를 먹고 갔어요. 한국 사람들은 우리 식당 순대를 좋아했어요."

"이런 순대와는 다른가요?"

"완전히 달라요. 연변 순대는요, 입에 감겨요. 당면이 아니라 쌀 순대예요. 찹쌀하고 멥쌀 섞어서. 몇 알만 먹어도 다음 날까지 든든하죠."

"소금에 찍어 먹나요?"

유화가 펄쩍 뛴다.

"아뇨."

"그럼요?"

"대파, 마늘, 고춧가루 들어간 간장 양념장. 거기 찍어 먹어요."

"신기하네요."

"명태 껍질 순대도 있어요. 그거 먹고 나면 다른 순대 시시해서 못 먹어요."

"이 집 순대도 시시해요?"

"시시해도 별수 없죠. 시시한 데 오고 싶어 했던 게 나니까."

"……."

"음식 나르다 보면 한국 사람들 이야기가 들렸어요. 그 사람들이 쓰는 단어 알아듣기 힘들었지만. 그래서 더 근사하게 들렸죠. 교수들 옆에 앉아 있던 여학생. 날개처럼 하늘하늘한 걸 입고 있었어요. 그런 날은 퇴근하고 잠을 못 잤어요. 몸에서 막 열이 났어요."

"……."

"그러다 오빠가 먼저 한국으로 갔어요. 뭐라더라. 쓰레기 같은 걸 나누는 일을 한다고 했어요."

재활용 업체에서 분류 작업을 한 모양이었다. 석진은 뚝배기를 옆으로 밀어놓고 유화 쪽으로 상체를 기울여 더욱 경청하는 시늉을 했다. 예상보다 술술 제 얘기를 풀어놓는 유화가 의아하면서도 어쩐지 뿌듯했다.

"일당이 괜찮다고 했어요. 한국 가고 1년쯤 됐을 땐가. 나를 불렀죠. 여기가 엄청 따뜻할 거라고 생각하고 왔어요. 내가 본 한국 여자들은 다 얇은 옷을 입고 있었으니까. 식당에서도, 드라마에서도."

"와보니 어떻던가요?"

"이번엔 추워서 잠을 못 자겠더라고요."

큭큭 웃는 유화의 마음을 짐작할 수 있었다. 섬에서 나고 자란 석진은 늘 바다를 건널 생각을 했다. 공부머리가 야물었던 그에겐 합법적인 출구가 있었다. 잠을 자는 네 시간 외엔 공부만 했다. 반찬 집는 시간도 아까웠다. 도시락 밥통 위에 멸치볶음과 김치를 부어달라고 어머니에게 부탁했다. 힘은 들지 않았다. 미적분을 하거나 주기율표를 외울 때 마음이 가장 편했다.

전교생이래야 몇십 명 되지 않는 아이들을 인솔해서 교사들은 육지의 대학교로 견학을 갔다. 서울 사람들은 다른 밥을 먹고 다른 물을 마시는 줄 알았는데 그렇진 않았다. 지겨운 갯비린내 대신 향긋한 공기가 가득할 줄 알았지만 거리는 지저분했고 사람들은 화가 나 있었다. 하지만 기어이 육지로 왔다. 태어난 곳에서 멀다는 이유만으로도 도주의 목적지가 되기 충분했으니까.

전속력으로 달아나고 싶은 마음이 한구석에 있었다. 배꼽이 언제나 달려 있고, 귓불이 언제나 두 쪽인 것처럼 그 마음도 늘 거기 놓여 있었다. 그러고 보면 서울로 내달렸던 석진의 마음은 욕망이라기보단 낭만이었다. 여기 아니면 어디라도 좋다는 마음. 그게 로맨티시즘의 기본 강령 아니었던가.

"지금 일한다는 공장이 한국에서 첫 직장이에요?"

"처음엔 비슷한 시기에 온 여자애들끼리 단체 기숙사에 있었어요. 일자리를 찾는 동안 거기서 살았죠. 다들 예민할 때라 드라이기 소리나 화장실 청소 때문에 싸웠어요. 얼른 나가야겠다 싶었죠. 그러다 오빠가 소개해준 게 지금 있는 요거트 공장이었어요."

"오빠분은 계속 한국에 계시나요?"

"아뇨. 제가 한국 오자마자 사고가 났어요. 포클레인 운전자가 오빠를 못 봤대요. 죽지도 않았고 못 쓰게 된 데도 없었죠. 보상도 받았어요."

유화는 남의 얘기를 하듯 말했다. 캐묻지 않고 화제를 돌렸다.

"요거트 공장이라니 생각나네요. 일본 맥주 공장에 견학 간 적이 있어요. 아사히였나, 삿포로였나 헷갈리네요."

결혼기념일을 맞아 수미와 갔던 여행이었다. 패키지 투어에 포함되어 있기에 따라갔을 뿐인데 의외로 흥미로운 곳이었다. 공장이란 곳이 난생처음인 석진과 수미는 그곳의 자동화 공정과 강박적 위생에 거의 매료될 정도였다. 공장 내부에 들어가기 전까지 위생화를 두 번 갈아 신어야 했고, 진공 샤워실에선 소독액이 분사되었다. 보안면과 보안경, 귀 덮개와 안전화, 방진 마스크와 안전모까지 착용하니 직원이 된 기분이었다. 쉴 새 없이 사진을 찍는 수미의 손가방을 들고 가이드의 안내를 경청했다. 공장 내부엔 사람이 많지 않았다. 관광객 중 한 명이 손을 들고 질문을 했다.

"왜 이렇게 직원들이 안 보이나요?"

"아, 95프로 자동화 설비로 작동 중이라 그렇습니다. 마지

미진 내과

막 박스 포장 단계엔 직원들이 있고 대부분 외국인입니다."

"외국인이요?"

"이제 외국인 노동자 없이는 공장을 돌릴 수가 없습니다. 한국처럼요."

기억을 되짚고 있는 석진에게 유화가 속삭였다.

"견학 온 사람들이 보는 곳은 일부일 뿐예요. 진짜 작업이 이루어지는 곳은 그들이 볼 수 없죠. 위생이랑 냉방 때문에."

"그렇겠군요."

"엄청 추운 곳이에요. 콜드체인 시스템."

수미가 유기농 식재료를 주문할 때 애용하는 업체 광고에서 봤던 단어였다.

"요거트 공장이라 더 춥겠네요."

"우유 살균하고 발효시킬 땐 따뜻해요. 중간에 냉기가 들어가면 큰일 나죠. 처음에 모르고 발효실 문 열었다가 월급도 못받고 잘릴 뻔했어요."

유화는 웃었지만, 석진은 웃지 않았다.

"그다음부터가 추워요. 숙성된 걸 포장해서 냉장실로 보내거든요. 거기 온도가 0도예요."

"저런."

"퇴근 후엔 국물을 먹어요. 식을까 봐 빠르게. 나쁜 습관이죠. 이를 망쳤어요."

"그래서 치과 검진을 받으러 온 거군요."

"국물 때문도 있지만…… 자기 전에 자꾸 단 걸 먹기도 하고…… 공장 탕비실에서 몰래 과자를 가져오거든요."

"그런데도 이렇게 말랐어요?"

"먹어도 살이 안 붙어요. 나만 그런 거 아니에요. 바다 건너 온 사람들은 탈이 잘 나요."

"다이어트 약을 지으러 오는 환자들에게 이야기해 줘야겠 군요. 바다를 건너가보라고."

"우리 공장 요거트도 추천해주세요. 주로 다이어트용으로 팔린대요, 사장님 말론. 비싸게 불러도 잘 나간다고."

그러고 보니 언젠가부터 수미도 아침마다 요거트를 먹었 다. 매일 아침 여섯 시에 일어나 통밀 식빵 한 장을 굽고 저울 에 잰 그릭요거트를 투명한 볼에 담았다. 이모님이 잘라둔 색 색깔의 과일을 올리고 설탕 대신 꿀로 뭉친 그래놀라를 조금 부었다. 에르메스 그릇에 담긴 수미의 아침은 아름다웠고, 먹 은 뒷자리도 깔끔했다. 한식 차림에 비해 훨씬 쿨하고 포토제 닉한 식단이었다. 미숫가루 한 잔으로 아침을 대신해온 석진 은 언제 봐도 그 현란한 색채감이 신기하기만 했다. 식단 사진 을 찍은 수미가 맛보기를 권했지만 사양하며 말했다.

"송충이는 솔잎을 먹어야지."

자신을 보는 수미의 눈에서 차가운 경멸이 가라앉고 있었다. 그 눈을 생각하니 목구멍에서 한기가 느껴졌다.

"이제 일어나요. 의사 선생님 몸도 따뜻해졌죠?"

유화의 말에 석진이 거짓으로 고개를 끄덕였다.

"네. 하지만 국물보다 더 확실히 따뜻해지는 음식도 있죠."

"술?"

"눈치가 빠르시네요."

"한국 술은 술 같지도 않아요. 싱거워요."

유화가 다시 속눈썹을 깔며 새초롬한 표정을 지었다. 이건
또 무슨 패일까. 의도를 가늠하며 다리를 바꿔 꼴 때 석진의
드라이빙 슈즈가 테이블 아래 유화의 장화와 살짝 스쳤다.

"제가 다음에 술다운 술을 사드리죠."

석진이 던진 미끼를 유화가 주저 없이 물었다.

"공장은 일요일만 쉬어요."

"다음 주 일요일 봉사 끝나고 뵙죠."

"또 검사받을 곳을 만들어야겠네요. 뭐 어렵지 않아요."

유화가 밥 먹는 내내 안고 있던 에코백을 뒤적이더니 눈썹
연필을 꺼냈다. 석진의 수염을 닦아주던 휴지에 열한 개의 숫
자를 썼다.

"내 전화번호예요."

석진은 제 속의 뭔가가 달궈지는 것을 느꼈다.

4장

빅가이 짐

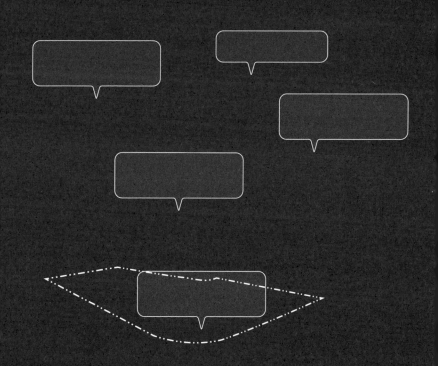

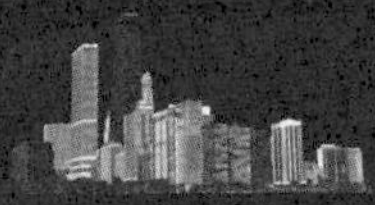

간식 꾸러미를 챙겨 엘리베이터에 탄 석진은 현관문 앞에서 멈추었다. 손 우물을 만들어 입김을 불어보았다. 가글 덕분에 순대 냄새는 나지 않았지만 지훈은 눈치챌지도 몰랐다. 도어록 비밀번호를 눌렀다. 처음 만난 날과 결혼기념일을 조합한 여덟 자리 숫자였다.

"뭐야, 자기. 파김치 돼서 올 줄 알았는데 쌩쌩하네?"

식탁에 앉아 지훈의 영어 숙제를 봐주고 있던 수미가 다리를 바꿔 꼬며 말했다. 슬릿이 깊게 파인 치마 사이로 탄탄한 허벅다리가 보였다.

"아홉 신데 이모님 아직이신가 보네?"

"요새 일이 분씩 늦는 게 습관 됐어. 말 안 하고 참아주니 호구 줄 알지."

"뭘 그렇게까지. 퇴근하실 땐 30분씩도 더 계셔주시잖아."

"누가 그때 더 있어달랬나? 금요일엔 빨리 가주시는 게 우리끼리 오붓하고 좋은데. 어차피 집에 가봤자 아들도 없으니까 그러시지. 일요일 밤에 빨리 출근해주셔야 나도 쉬고 좋단 말이야. 다음 날 아침부터 수업이 산더민데."

"……."

"사진은 좀 찍었어?"

"윤 간호사가 찍는다고 찍었어. 거기 봉사자들도 찍어줬고. 며칠 뒤엔 홈페이지에도 올라온대."

"좋네. 피곤했을 텐데 까칠하게 굴어서 미안해."

"이해해. 오늘 시터 면접 있었잖아. 괜찮은 사람 좀 왔어?"

"그게……."

수미가 말을 꺼내려는 차에 중문 열리는 소리가 들렸다.

"이모!"

레고를 맞추고 있던 영훈이 다람쥐처럼 튀어 나갔다. 벌써는 표정으로 문제를 풀던 지훈도 마찬가지였다.

"아이구, 내 새끼들."

양손 가득 들고 있던 것들을 팽개친 옥란이 팔을 벌렸다. 수미의 미간이 찌푸려졌다. 손도 씻지 않은 채 아이들을 만질 때마다 대놓고 말은 못 하고 안절부절못했다. 처음 덕적도로 인사를 갔을 때, 아버지가 만진 리모컨을 알코올 티슈로 닦다 들킨 수미였다. 석진이 어릴 때부터 쌓인 먼지와 기름기로 버튼마다 잿빛 때가 엉긴 리모컨이었다.

"이모님, 오셨어요."

현관까지 나가 옥란의 가방과 비닐봉지를 들어 올리는 석진의 뒤태를 수미가 낯선 사람처럼 바라보았다.

'저 사람도 몸이 좀 불었네. 클라이밍 할 땐 괜찮더니만.'

"영훈아, 이모님 허리 안 좋으신 거 몰라? 내려와."

차분하게 타이르며 석진이 말을 붙였다.

"주말에 아반떼 쓰셔도 된다고 했잖아요. 운전해서 다니세요. 이 짐 들고 난곡에서 송도까지 지하철은 무리예요."

"제 차도 아닌데……."

"명의만 제 거지 이모님 차예요. 좋은 차도 아닌데. 편히 쓰세요."

옥란의 뺨에 홍조가 떠올랐다.

"아유, 제 주제에 과하죠. 그 큰 셔틀은 몰아봤어도 자가용은 못 가져봤어요. 돌아가신 우리 바깥양반이 구두쇠였거든요. 한번은 제가……."

"이모님, 영훈이 잘 시간이에요. 늦게 자면 키 안 커요."

수미가 야멸차게 말을 끊었다. 눈치 빠른 옥란이 담아 온 잡채며 소박이를 냉장고에 대충 넣은 뒤 영훈의 방으로 들어갔다. 문이 닫히자마자 석진이 수미의 눈을 보며 말했다.

"왜 그래."

"한번 들어주기 시작하면 끝도 없어. 셰에라자드 뺨친다니까. 사별한 남편이 얼마나 자상했는지 늘어놓다가 그다음엔 엄마 없이 외롭게 자라서 닭을 안고 다녔다는 어린 시절 차례

일걸. 버릇 나빠져. 부리는 사람에게 그렇게 대하는 거 아니라고. 저런 사람들 습성 몰라서 그래?"

"저런 사람들이 어떤 사람들인데?"

"이석진 원장님. 갑자기 무슨 콘셉트세요."

이죽거리는 수미의 얼굴이 야차처럼 보였다. 석진은 서재로 향하며 한마디 했다.

"나도 저런 사람들 출신이잖아."

식탁에 남은 수미는 귀뿌리 뒤쪽에서부터 열꽃이 피어오르는 것을 느꼈다.

'또 시작이네.'

초저녁에 시작해 아홉 시쯤 절정에 이르는 열감이었다. 작년부터 늦춰지던 주기가 멈춘 것은 석 달 전. 무용한 친구들 사이에 흔한 증상이었다. 조기 폐경. 산부인과 의사의 선고를 들을 때도 담담했다. 거의 영에 수렴한다는 여성호르몬 수치는 딱히 언짢지 않았다. 자궁암 투병을 했던 엄마를 생각하면 호르몬 치료를 받기도 찜찜했다. 꾸며 입고 두드려 감추면 다 숨길 수 있었다. 이마빡에 주기 붙여놓고 다니는 것도 아니니까. 겉볼안이라고, 가죽만 젊고 탱탱하다면 귀찮은 생리 따위 하지 않아도 좋았다.

하지만 가죽까지 말썽을 부렸다. 지훈의 숙제를 봐주다가, 뒤집어 입은 영훈의 내복을 갈아입히다가, 강사들 월급을 정

빅가이 집

산하다가 불쑥불쑥 치솟아 오르는 불길은 생전 처음 느껴보는 것이었다. 시작은 꼭 귓불 뒤쪽부터였다. 벌레 모양의 불꽃이 꾸물꾸물 기어 올라와 뺨을 지나 관자놀이에 머물다 눈썹으로 갔다. 미친 듯 가려워진 미간을 긁다 보면 각질이 하얗게 일어났다. 밤에 잠을 이룰 수 없어 30분에 한 번씩 깨기를 열 번쯤 반복하면 아침이 왔다. 불면의 밤은 눈앞에 놓인 검은 헝겊을 한 땀 한 땀 꿰매는 기분이었다. 콩쿠르에서 떨어진 뒤 느릿느릿 토슈즈를 꿰매던 밤처럼.

벌떡 일어나 거울을 보면 둥근 포진이 날치알처럼 돋아나 있었다. 피부 컨디션과 공복 체중에 하루 기분이 좌우되는 수미로선 하늘이 무너질 노릇이었다. 다행히 항생제를 들이부으면 감쪽같이 물러났으나 2주를 못 채우고 증상은 돌아왔다. 단골 피부과에 가봐도 뾰족한 방법이 없었다.

"모낭염 같긴 한데…… 연고나 레이저로 해결될 게 아니에요. 호르몬 문제라."

"그럼 어떡해요? 저 서비스직인데."

"서비스직 아닌 직업도 있나요, 뭐. 항생제를 이것저것 바꿔가며 써보시죠. 내성 생길 때마다."

'뭐 이런 돌팔이 새끼가 다 있어.'

속으로 중얼거리며 진료실을 박차고 나왔다. 그 뒤로 석류즙이니 흑염소 진액이니 백수오 알약이니 사다 날랐지만 달라지는 건 없었다. 열감은 하루의 절반, 그러니까 오후 여섯 시부터 오전 여섯 시까지 수미의 몸 안을 돌아다녔다. 피부 위를 타고 다니다가 눈을 바싹 마르게 했고, 이마 위를 쿵쿵 뛰며 편두통을 일으키더니, 미끄럼틀 타듯 방광으로 내려가 한 시간에 한 번씩 소변을 보게 했다. 짜놓은 수업 동작도 깜빡깜빡했고, 입안이 말라 발음이 뭉개졌다. 발코니 문을 활짝 열고 알몸으로 침대에 누워도 화형을 당하는 듯 뜨겁고 따가웠다. 가만히 있으면 불덩이가 단전부터 머리의 숨구멍까지 솟구쳤다. 훨훨 그 불꽃의 혓바닥이 닿으면 미칠 듯이 고통스러웠고 닿지 않으면 숨이 멎을 듯 권태로웠다. 그 불덩이에 먹히지 않게 하릴없이 일로 도망갔다. 센터 일에 몰두한 것도 그 때문이었다.

그러던 어느 날, 수업 중인 회원의 발목에 리포머 스트랩을 끼우려 허리를 숙이다 움찔했다. 입고 있던 티팬티에서 소변이 새어 나와 레깅스 아래쪽이 축축해졌다. 지훈과 영훈을 낳았던 산부인과로 뛰어갔다. 홀쩍대는 수미에게, 은색 안경테를 낀 의사가 말했다.

"운동을 해보세요."

"제가 전직 발레리나, 현직 필라테스 강사예요, 선생님."

"어릴 때 발레 하신 분들 중에 조기 폐경과 갱년기 우울 온 분들이 꽤 있어요. 체중 조절 혹독하게 하신 적 있으세요?"

"말해 뭐 하겠어요."

빅가이 집

"지방이 너무 없어도 호르몬 문제가 생겨요. 살이 찌더라도 식사량을 늘리시고, 대신 땀을 흠뻑 흘리는 운동을 해보세요. 신진대사를 정상화해야 해요."

몸이 밥줄인데 살집을 불릴 수는 없었다. 그날 바로 센터 근처의 헬스장에 등록했다. 주니에게 열한 번째 피티를 받던 날이었던가. 대퇴사두근이 활성화되는지 확인하기 위해서 주니가 수미의 허벅지를 눌렀다. 맨투맨 옷소매로 제 손을 감싼 채 터치하는 모습이 귀여웠다. 이성 회원의 몸을 만질 때 지켜야 하는 규칙인 모양이었다. 주니의 손목 위에 채워진 검은 에르메스 팔찌가 눈에 들어왔다. 딱 봐도 SA급 가품이었다. 가짜는 다 티가 났다. 아니, 티를 냈다. 그건 너무 명확해서 딱하기까지 한 일이었다.

"남자가 클릭아슈 찬 건 처음 봤는데. 잘 어울리네."

그때만 해도 사담이라곤 않던 주니가 쑥스러운 듯 말했다.

"여자친구가 사줬어요. 어제가 3주년이었거든요."

"주니 씨는 뭐 해줬어?"

"쌍꺼풀 수술이요."

"정말?"

"네. 10주년 때는 양악 해달래요."

"귀여워라. 근데 한 사람이랑 오래 사귀는 편인가 봐. 젊은 나이에 더 놀지, 왜."

수미가 짓궂게 웃으며 말했다. 주니가 정색하며 받았다.

"전 여자친구랑 노는 게 제일 재미있어요. 3년째 같이 살아도요."

"대단하네. 동거하다 보면 혼자 있고 싶을 때도 있지 않아?"

"가끔 그렇죠. 지금 있는 데가 원룸이라 싸워도 피할 데가 없거든요. 그래도 괜찮아요. 헬스장에 와 있으면 되니까."

수미는 난데없는 질투를 느꼈다. 주말에 석진이 집에 있으면 가슴이 답답했다. 미친 여자처럼 소리를 지를 것 같은 환각을 견디느라 애를 써야 했다. 아이들을 데리고 놀이터로 나가거나 급하지 않은 준비물을 산다며 장지갑을 들고 나섰다.

'코딱지만 한 방에 같이 살면서도 지겹지 않다고?'

친구의 그림에 괜히 크레용을 갈겨놓는 유치원생처럼 심술궂은 마음. 주니가 그 여자에 지루해지게 하고 싶었다. 그리고 그것은 어렵지 않았다. 수미는 남자가 여자에게 원하는 것들의 목록에 정통했으니까. 30회, 50회, 100회. 피티가 거듭되면서 주니는 이런저런 이야기를 털어놓았다. 중학교 3학년 땐 축구 선수가 되고 싶었다고 했다. 철물점 일로 바쁜 부모는 얼굴 보기도 어려웠고, 사고뭉치 형의 뒷수습으로 가계는 빠듯했다. 주니의 운동신경을 알던 체육 선생조차 포기하라고 말했다. 키와 덩치가 충분치 않다는 이유였다.

고등학교 때 12센티가 자랐지만 몸은 여전히 빼빼했다. 졸업과 동시에 간 군대가 생각보다 체질에 잘 맞았다. 공부 잘하는 애들 들러리만 서던 학교에서와 달리 주니는 모든 것을 잘 해냈다. 내신 베이스에서 체력 에이스가 됐다. 눈치가 빠르고 비위가 좋고 엉덩이가 가벼운 그를 선임들은 예뻐했다. 짬밥이 찼을 때, 사수에게 웨이트를 배우기 시작했다. 제대 후 생활 스포츠지도사 자격증을 땄고, 연수구에 있는 세 개의 헬스장을 돌며 주 6일을 일했다.

유일하게 피티 수업을 쉬는 날에는 카페에서 아르바이트를 했다. 중학교 옆에 위치해 학부모 손님이 많은 브런치 카페였다. 몸 좋고 잘 웃는 주니는 손님들에게 인기가 많았다. 아르바이트생이 친절하고 멋있다는 리뷰가 올라왔다. 사장은 주니에게 유통기한이 임박한 빵과 과일을 챙겨주었다. 탄수와 당을 제한하는 주니는 먹을 수 없어서 여자친구인 채원만 나날이 살이 올랐다. 그렇잖아도 야간 편의점 아르바이트할 때 삼각김밥으로 찐 살이 빠지질 않는다고 투덜대면서도.

타투이스트인 그녀는 채식 베이커리와 왁싱숍을 겸한 업장을 차리는 것이 꿈이었다. 입맛 떨어지는 조합이라며 주니가 퉁을 줘도 굴하지 않았다. 비움의 미학은 결이 같다나. 채원은 아침에 일어나면 요가의 고양이 자세와 소 자세를 반복했고, 플라스틱 빨대와 비닐을 쓰지 않았다. 그래도 매번 포장 비닐째로 데운 닭가슴살을 뜯어 먹는 주니에게 간섭하지 않았

다. 동물만큼 자유를 사랑하기 때문이라고 했다. 주니 역시 그
녀가 등에 이레즈미를 새기든 반야심경을 필사하든 말을 얹지
않았다.

주니는 인바디 점수가 높아진 기념으로—근육량은 증가
하고 체지방은 감소하는, 그 어렵다는 린매스업에 성공했다—
와인을 사겠다고 한 수미의 제안도 곡해 없이 담백하게 받아
들였다. 결과적으론 그게 곡해였지만. 사는 처지와 나이는 달
라도 체육인이라는 공통점으로 화제는 풍성했다.

"주니 씬 피부가 어쩜 이렇게 좋아?"

"관리받죠, 뭐. 제 주제에 비싼 시술은 못 하지만 공장형 피
부과들 워낙 많잖아요."

"가까이서 봐도 모공 하나 없네. 수염 자국도 없고."

"아, 레이저 제모 해서 그래요. 겨드랑이랑 종아리도 했거
든요."

"왜?"

"운동하다 보면 땀 차고 미관상 안 좋아서요. 야구 선수들
도 다 민대요. 여자친구가 이야기해 줬어요."

"하긴 요새 남자 아이돌들 다리에 털 하나 없더라. 매끈매
끈. 그리고 보면 털이 무성해야 멋있다는 건 중년 남자들의 착
각이지. 우리 남편도 갱년기인지 갑자기 수염을 기르더라고.
줄어가는 테스토스테론이 서글퍼서 하는 마지막 발악인가 봐.

근데 진짜 제모 잘됐다."

"여자친구 아는 데서 했어요. 소개해드려요?"

"아, 근데 난 다니는 데가 있어서. 암튼 와인 마셔줘서 고마워, 주니 씨."

"제가 감사하죠."

"우리 남편이 와인을 싫어해."

"실례지만 뭐 하시는 분이세요?"

"남의 뱃속 보는 사람."

"네?"

"자긴 남의 몸 만들어주는 사람이잖아. 우리 남편은 남의 몸속 뒤지는 사람이야."

"의사 선생님?"

"맞아. 그분이 비협조적이라 혼자 마셔. 독수공방하면서."

"혼술도 가끔 좋더라고요."

"난 아냐. 이런 말이 있어. 혼자 마시는 와인은 흔적을 남기지 않는 인생과 같다."

"멋지네요."

"주니 씨도 가끔 술 당기지 않아? 댄 관장 때문에."

눈치 빠른 수미는 그새 헬스장 사정에도 훤한 눈치였다.

"사회생활이 다 그렇죠."

"나이에 비해 의젓하네. 그래도 주니 씨만 굴리는 거 같던데?"

"……."

매출에 목숨 거는 거야 어느 헬스장이든 마찬가지였다. 보따리 장사 수년 차인 주니도 업계 생리를 모르지 않았다. 하지만 댄 관장은 지독한 이벤트 마니아였다. 연차가 낮은 트레이너들이 과도한 수업을 감당하면서도 노동력을 염가 처분당하는 구조로 일을 벌였다.

흔들리는 주니의 눈을 보며 수미가 슬쩍 어깨를 토닥였다.

"회원님이 어떻게 아세요?"

수미는 대답 대신 휴대폰을 꺼내 문자를 보여주었다. 관장이 회원들에게 보낸 공지였다.

한 달 무료 PT 이벤트

안녕하세요. 빅가이 짐 댄 관장입니다. 사랑하는 회원님들의 한층 더 핏하고 핫한 몸을 위해 저희가 한 번 더 재능 기부를 해드리고자 합니다. 지난번 무료 PT 이벤트에 참여하셨던 회원님들은 평균 근육 1kg 증가, 체지방 3kg 감량의 성과를 거두셨습니다. 이번 이벤트에서는 대상이 되신 분들에 한해 25분 수업 12회, 혹은 50분 수업 6회가 진행됩니다. 개인별 운동 루틴, 식단 체크까지 맞춤형으로 무료 진행해 드립니다. 인바디 결과가 가장 좋은 회원님께는 댄 관장이 화끈한 선물을 드릴 예정입니다.

금시초문이었다. 주니는 헛웃음이 났다.

'재능 기부라니? 누구 마음대로?'

"무료 피티라니 다들 달려들게 뻔하고, 감당할 사람은 결국 주니 씨잖아."

"……."

"난 우리 강사들 이런 식으로 취급 안 해. 이 염수미가 맘씨 좋은 원장은 아닐지 몰라도, 최소한 합리적인 고용주라 자부해. 월 이백 받으면서 하루 일곱 타임 뛰는 강사가 티칭 제대로 할 수 있겠어? 말도 안 되지. 강사들 잘돼서 센터가 흥하는 게 내가 돈 버는 길이기도 하고."

"멋진 원장님이시네요."

"애들한테 밥도, 술도 잘 사주지. 예쁜 애들한텐 우리 신랑 후배도 소개해주고. 자기, 댄 관장한테 소고기 얻어먹어본 적 있어?"

은근슬쩍 수미가 호칭을 바꾼 것을 눈치채지 못한 주니가 목덜미를 긁적였다.

"돼지고기까진 먹어봤는데. 코로나 이후론 회식도 더치입니다."

"최악이네. 에이, 자기, 우리 일 얘기 말고 다른 얘기 하자."

수미가 주니의 잔에 술을 채우며 속삭였다.

"첫 잔은 원샷."

망설이던 주니가 와인을 입에 털어 넣었다.

"잘 마시네."

"근손실 나는데……. 회원님은 많이 마시지 마세요. 강사들하고 보디프로필 찍어야 된다고 하셨잖아요."

"뭐 어때? 이따 근력 운동 한판 하면 되지."

혀 위에서 액체를 굴리다 꿀꺽 삼킨 수미가 입을 벌려 웃었다. 와인을 마음 놓고 즐기기 위해 주기적으로 미백 케어를 받는 치아가 도기처럼 하얬다.

"술 먹곤 운동하면 안 돼요. 간 상해요."

"그런 운동 말고."

술병을 잡는 수미의 손을 만류한 뒤 주니가 잔을 채웠다. 그러곤 어색한 표정으로 말을 돌렸다.

"염수미 회원님은 취미가 어떻게 되세요? 전 운동 말고 취미가 하나도 없어요."

"그놈의 회원님 소리 그만두면 말해줄게. 그리고 풀 네임으로 부르지 마. 거리감 느껴지니까."

"그럼 뭐라고……."

"수미라고 불러."

"……."

"해봐."

"수……미."

"잘하네. 이제 알려줄게. 내 취미는 만들기야."

"만들기요?"

"남편 병원 만들기, 애들 성적 만들기, 회원들 몸 만들기."

"아."

"근데 요새 제일 만들고 싶은 건 따로 있어."

"뭔데요?"

"자기를 내 애인 만들기."

다음 날 새벽, 문 닫히는 소리에 깨어난 주니는 호텔 침구에 남겨진 실루엣을 바라보며 깨달았다. 수미가 먼저 재등록을 포기하지 않는 이상, 자신은 그녀를 계속 가르칠 수밖에 없다는 걸. 트레이너와 회원 사이는 그런 거니까. 이틀 뒤 피티 시간에 상큼한 라임색 레깅스를 입고 나타난 수미는 아무 일도 없던 것처럼 굴었다. 후면 사슬 근육을 키우는 법에 대해 진지하게 질문했고, 기구를 당길 때 등 근육을 관찰할 수 있게 사진을 찍어달라고 했다. 새로 설정한 목표 근량에 맞춰 식단을 수정해달라고 했고, 개인 운동표도 스프레드시트로 공유해달라 요구했다. 운동과 관련 없는 말은 한마디도 하지 않았다. 이젠 주니 편에서 애가 달았다. 그렇다고 데이트를 청할 자신도 없었다.

일과를 마치고 돌아온 원룸에서 된장찌개 냄새가 훅 끼쳤다. 속이 울렁거렸다. 끈나시를 입은 채 양푼에 밥을 비벼 먹고 있던 채원에게 시비를 걸었다.

"야, 너는 무슨 애가 그렇게 걸신들린 것처럼 먹냐."

"언젠 복스럽게 먹어서 좋다며."

"팔에 그건 또 언제 새긴 마법천자문이야."

"한참 됐는데."

"몸에 낙서 작작 해. 그거 아냐? 명품 차엔 도색 안 한다."

"이게 미쳤나. 안 하던 지랄이야."

"말 좀 곱게 해."

"오는 말이 더럽길래 가는 말도 수질 맞춰봤다. 왜?"

"이게 진…… 윽."

화를 내려던 주니가 입을 틀어막았다.

"뭐야. 또 속 울렁거려? 그러게 제대로 된 음식 좀 처먹으라니까. 맨날 뭐가 들어간지도 모르는 보충제에 닭젖만 먹어대니 속이 남아나?"

"시끄러."

"너 입에서 시궁창 냄새 나. 밑바닥에서 올라오는 냄새. 그거 못 고치면 회원 다 떨어져 나갈걸? 좋은 말로 할 때 내과나 가봐."

루이를 안아 든 채원이 매트리스 위에 벌렁 드러누웠다. 동거 생활 내내 함께 키워온 고양이 루이는 강아지만큼 애교가 많았다. 육두문자를 써가며 싸울 때면 당장 헤어져야지 싶다

가도 루이를 생각하면 또 애매했다.

채원이 일본 여행을 조른다는 말을 수미에게 무심결에 했던 날, 수미는 주니의 메신저 계정으로 100만 원을 보냈다. 황당해하는 주니에게 수미가 말했다.

"초밥은 아무 데서나 먹지 마. 면세점에서 여자친구 향수도 하나 사주고. 해외여행은 향기로 추억하는 거거든."

그 돈으로 시부야 파르코 백화점 꼭대기의 회전 초밥집을 갔다. 기분이 좋아진 채원은 접시 하나하나 사진을 찍었고, 녹차로 입을 헹구며 주니의 손을 꼭 잡아왔다. 불가리의 장미 냄새가 풍겼다. 수미에게서 나던 냄새. 보육원에서 나온 채원은 10대 후반부터 크고 작은 미용실과 왁싱숍, 문신 시술소에서 쉬지 않고 일을 해왔지만 모아둔 돈이 없었다. 루이에겐 고급 사료를 먹였지만 제 식사는 주로 편의점 샌드위치였고, 월급날에나 큰마음 먹고 서브웨이로 향했다.

주니는 사치할 처지도 아니었고 비싼 걸 구별하는 안목도 없었다. 하지만 일과 사람에 치일 때마다 홧김에 사들이는 것이 적지 않았다. 하나하나는 싸구런데 청구일이 되어 보면 카드값에 눈을 비볐다. 쓰지도 않을 물건들을 마감 세일이나 특가 할인이라는 이유로 재어놓다 보니 가뜩이나 좁은 원룸은 테트리스처럼 변해 있었다. 볼수록 갑갑해오는 풍경을 보고 있자면 입맛이 떨어졌다.

물론 입맛의 유무를 따라 섭식할 처지는 아니었다. 실연보다 무섭다는 근손실을 피하려면 하루 다섯 번 끼니를 놓쳐선 안 되니까. 누렇게 변색된 냉동실 문을 열자 꽁꽁 언 저염 닭가슴살이 제발 꺼내달라는 듯 주니를 쳐다보고 있었다. 핫딜이 뜰 때마다 저렴한 브라질산으로 100팩씩 재어뒀는데 어느새 바닥을 보이고 있었다. 눈 돌리는 데마다 돈 나갈 곳뿐이었다. 벽돌 같은 닭가슴살을 꺼내 비닐 모서리를 뜯고 전자레인지에 던져 넣었다. 손에 익은 각도대로 2분 다이얼을 돌렸다. 누런 불꽃이 튀며 터지는 소리가 났다. 열어보니 온 사방에 닭 육즙이 튀어 있었다. 허연 연기와 함께 비리고 역한 냄새가 풍겨 나왔다. 욕지기가 치밀어 올랐다. 싱크대에 대충 던져 넣고 채원이 비운 양푼을 설거지하기 시작했다.

어느 아침, 주니는 수미가 사준 뉴발란스 운동화를 꿰신었다. 아이들 운동화를 사면서 제 것과 주니 것도 함께 샀다고 했다. 주니와 데이트를 시작한 후부터 수미의 스타일은 부쩍 어려졌다. 단발과 키링을 달랑대며 걷는 그녀의 발엔 힐 대신 한정판 운동화가 신겨져 있었다. 수미는 석진이 토즈의 드라이빙 슈즈 아니면 안 신는다며, 매번 똑같은 걸 색깔만 다르게 산다면서 옵세시브하다고 했다. 그 단어의 뜻은 몰랐지만 주니는 고개를 주억거렸다. 건물을 빠져나온 뒤 빌라촌 비탈길을 내려갔다. 헬스장이 있는 송도는 월세가 비싸 선학동에서 시작한 동거였다. 선학동 빌라촌은 먹자골목과 가까웠다. 남동공단 사람들이 많다 보니 외국인을 종종 마주칠 수 있었다. 명절 때면 그들의 수가 상당하다는 것이 눈으로 확인됐다. 보통의 한국 사람들이 고향으로, 해외로 떠난 빈자리를 그들이 채웠다. 전주에 사는 부모와 연을 끊다시피 하고 사는 자신도 그들과 크게 다른 처지가 아니다 싶었다.

터덜터덜 걸어가 지하철에 몸을 실었다. 몸은 알아서 테크노파크역에 하차했다. 관성의 힘인가 했는데, 어쩐 일인지 주니의 다리는 헬스장 방향인 4번 출구가 아닌, 오크우드 호텔 방향인 1번 출구로 향했다. 오늘은 오전 수업이 없는 날이었다. 수미와 즐겨 찾는 바, 수미 남편의 병원이 위치한 건물. 등잔 밑이 가장 어둡다던 수미의 대범한 미소. 가끔 주니는 수미가 석진에게 발각되기 위해 이 관계를 이어간단 생각이 들었다. 교사의 관심을 끌기 위해 부러 교칙을 어기는 학생처럼. 그건 쓸쓸한 일이었다. 아름다운 수미를 그렇게 만드는 남자의 얼굴이 궁금했다.

68층짜리 건물의 대부분은 상가였고 고층의 일부만 호텔이 사용하고 있었다. 상가에는 안과, 피부과, 성형외과, 정형외과 등이 즐비했다. 병원의 이름을 하나하나 살피다 보면 인간의 육신이 얼마나 다채롭게 고장 날 수 있는지 새삼스러웠다. 금빛 엘리베이터 앞에서 층별 안내도를 들여다보았다. 한참 걸려 미진 내과의 이름을 찾아냈다. 때맞춰 도착한 엘리베이터에서 매끈한 슈트 차림의 남자 몇 명이 내리며 주니를 쳐다보았다. 엉겁결에 올라타자 놀라운 속도감이 주니를 15층까지 실어 날랐다.

엘리베이터 맞은편이 바로 병원 유리문이었다. 투명한 유리 가득 하얀 글자로 프린팅된 석진의 학력과 경력을 보니 정신이 번쩍 들었다.

'어쩌자고? 미친 새끼. 네가 여기 무슨 볼일이 있다고.'

주니의 몸을 감지한 자동 센서가 속절없이 맑은 소리를 냈다. 카운터에 앉아 있던 윤 간호사가 화사한 미소를 지었다. 수미에게 들었던 간호사였다.

"어서 오십시오. 어디가 불편하실까요."

"속이 쓰려서요."

"그러시군요. 초진이시죠?"

"네."

"신분증 주시고 여기 양식 작성해주세요."

망설이다 본명과 주민번호, 전화번호를 썼다.

"잠깐만 저기 앉아 계세요."

간호사가 텅 빈 대기실 소파를 가리켰다.

'수미가 외제차 한 대 값이라고 자랑했던 게 저건가. 그냥 흔한 소파 같은데.'

엘리베이터를 타고 올라오는 동안 알 수 없는 피로감에 휩싸인 몸을 털썩 앉혔다. 차가운 소가죽의 주름들이 주니의 둔부를 밀착해 감쌌다. 상황과 장소에 어울리지 않는 에로틱한 촉감이었다. 100만 불짜리라고 자부하는 수미의 골반 라인이 떠올랐다.

"최동준 님, 진료실로 들어가시면 됩니다."

"네."

문을 열고 들어서자 수염을 기른 남자가 보였다. 주니가 들어오는데도 모니터만 응시하고 있었다. 잘생겼다기도 못생겼다기도 어려운, 양념장 없인 먹기 심심한 두부부침 같은 딱 평균치의 얼굴. 체구는 왜소하지만 정기적으로 운동을 하는 사람 특유의 다부진 체격이었다. 하지만 어쩔 수 없는 뱃살이 가운 속에서 고개를 내밀고 있었고 정수리 쪽의 머리칼도 가늘어져가는 기색이 역력했다.

이마를 덮은 성근 앞머리를 젖히면 뒤로 훌쩍 물러선 M자 라인을 확인할 수 있을 것이다. 반면 구레나룻부터 아래턱까지 이어지는 수염은 풍성해서 우스꽝스러운 대조를 이루었다. 빈말로라도 매력적인 남자랄 순 없었다. 남편은 어떤 사람이냐고 물었을 때, 사람 아냐, AI야, 답했던 수미였다.

"나 중학교 때 수학 과외에 중형차 한 대 값을 썼는데도 해결이 안 됐거든. 맨날 머리카락 뽑으면서 문제집을 풀었는데,

그때 울면서 다짐했어. 꼭 올림피아드 출신 남자를 만날 거라고. 우리나라에서 수학 제일 잘하는 남자가 어떻게 생겼을지 너무 궁금했어."

"만나보니 궁금증이 해결됐어?"

"응, 그 사람은 정말 전국 1등처럼 생겼어. 그런데 그렇게 수학을 잘하면 뭐 해. 자기 마누라 전화번호도 못 외운다니까."

베갯머리에서 깔깔대던 웃음소리가 떠오르며 자신감이 비집고 나왔다.

"앉으시지요."

그제야 모니터에서 시선을 뗀 석진이 고갯짓을 했다. 가까이 바라보니 밉지 않은 얼굴이었다. 가느다란 안경테는 전직 대통령이 유행시킨 브랜드였고, 구김 없는 가운은 희다 못해 푸르스름했다. 부풀었던 자신감에 살짝 바람이 빠졌다.

'이게 화이트 가운 신드롬인가.'

"속이 자주 쓰리십니까?"

"상체를 숙일 때마다 신물이 올라와서요."

"또 어떤 증상이 있으세요?"

"가슴이 답답하기도 하고, 목에 뭔가 걸린 느낌도 들고요. 제가 말을 많이 하는 직업인데 목소리도 쉰 거 같고요."

"무슨 일을 하시지요?"

"헬스 트레이닙니다."

"그래서 이렇게 몸이 좋으시군요. 타투도 멋지시고."

석진이 주니의 팔뚝에 있는 날개 타투를 가리키며 말했다. 우습게도 그 말에 주니는 호감을 느꼈다.

"감사합니다."

"전형적인 역류성 식도염 증상입니다. 흔한 질병이라고 가볍게 생각하시면 안 됩니다. 그렇다고 너무 걱정하실 것도 없고요. 규칙적인 식사와 금주, 이런 당연한 것들만 지키셔도 금세 좋아지실 겁니다. 가끔 운동 후에 단백질 섭취하고 바로 주무시는 트레이너분들을 뵙는데 좋지 않습니다. 자기 전엔 금식하시고 베개도 높여 베시고요."

"수업이 많아서 셰이크로 때웠더니……."

"고단백 음식들은 아무래도 난소화성이니까요. 지금부터 잘하시면 되죠, 뭐. 이렇게 젊으신데."

너그러운 큰형처럼 석진이 말했다. 다른 대기 환자가 없어서인지 경청하는 주니의 태도 때문인지 그는 설명을 줄줄 이어나갔다. 급기야 모니터를 주니 쪽으로 돌리며 영문 논문까지 보여주었다.

"여기 이 전후 사진 보시면 규칙적인 식사 이후 위의 변화가 바로 느껴지시죠?"

"네."

기대하지 않았던 친절함이었다.

"증상이 아주 심하진 않으니 내시경은 권하지 않겠습니다."

돈 버는 수완이 잠자리 실력만큼 형편없다던 수미의 말이 떠올랐다.

'와이프 잔소리 없이는 이 병원 오래가기 어렵겠군. 이 양반은 교수가 되는 게 나았겠는데.'

공부를 더 오래 할 집안 형편이 아니었다는 것도 들어 알고 있었다.

"그럼 약도 필요 없나요?"

"드셔보고 싶으세요? 생활 습관 교정하는 게 우선이긴 한데 원하시면 처방해 드리겠습니다. 다들 약을 드려야 안심하시긴 하더라고요. 병원 온 보람을 느끼려면 약을 받으셔야 되나 봅니다."

주니는 머쓱해졌다.

"넥시움정이란 약으로 드릴게요. 하루 한 번, 셰이크 말고 그냥 물이랑 드셔야 합니다. 드물지만 두통이나 어지럼이 올 수 있는데 심할 경우 병원으로 전화 주시고요."

"아, 감사합니다."

고개를 꾸벅 숙이며 동그란 의자에서 일어났다. 그때 석진의 모니터에 메신저 대화창 알람이 울렸다. 메시지 미리 보기 창이 오른쪽 하단에서 빼꼼 솟아올랐다.

빅가이 짐

—일요일엔 약속대로 독한 술 사주세…….

뒷부분은 생략되어 있었지만 충분히 추론 가능했다. 수미가 석진의 개업 준비로 정신없던 무렵, 전 병원 간호사가 새 병원으로 따라온다는 이야기를 들은 주니가 은근슬쩍 수미를 자극해본 적이 있었다. 그때 수미는 세상에서 가장 우스운 이야기를 들었다는 듯 굴었다.

"그 인간이랑 바람피울 여자가 어디 있겠어. 내연남으로는 지독히 매력이 없는 남자야. 사람들이 불륜을 왜 하는데. 자기 배우자보다 불륜 상대가 멋지고 섹시해서? 절대 아냐. 그냥 누군가랑 비밀을 공유하고 싶어서야. 시들어가는 일상에 자극이 필요해서. 근데 우리 신랑은 비밀이 없어. 폰에 잠금 번호도 없다니까. 펼쳐진 참고서 같은 남자야. 문제집은 푸는 재미라도 있고, 소설은 속는 재미라도 있지."

"그건 모르는 거야."

"애 둘 낳고 10년 살다 보면 모르는 게 있을 수가 없어. 뺨의 모공 개수랑 등허리에 난 사마귀의 털 길이까지 알게 된다고."

"염수미 자신감은 알아줘야 해."

"그리고 그이가 일적으로 엮인 여자 중에 나보다 예쁜 여자는 한 번도 못 봤어."

139

"방금 전엔 마누라보다 예뻐서 바람피우는 게 아니라며."

"하긴 우리 아빠 보니까 그건 그랬다."

부부란 서로에게 얼마나 무지한 관계인가, 사람은 얼마나 만용을 부리는 존재인가. 주니는 어쩐지 철학적인 사색에 빠져 병원 문을 나섰다. 처방전을 들고 간 1층 약국에서 약을 받고 나니 시간이 꽤 흘러 있었다. 잰걸음으로 헬스장에 도착하자마자 댄 관장과 마주쳤다.

"관장님, 안녕하십니까."

"상담실로."

냉기를 풍기며 스쳐 가는 몸짓이 심상치 않았다.

"저, 바로 열한 시 수업인데 무슨 일……."

"아침 수업은? 아까 수업 있었다는데?"

"네? 아닙니다. 월, 목 아홉 시 고정 회원님이 2주 전부터 홀딩하셔서……."

"오늘부턴 한다고 연락했다던데. 한참 기다리다 데스크에 이야기하고 가버렸어."

"전 분명히…… 문자도 다 남아 있습니다. 보여드릴까요?"

"됐어. 고객이 그렇다면 그런 거야."

"그래도……."

"그리고 홀딩 시작과 종료 때는 더블 체크 하라고 말했잖아. 후기 나쁘게 쓰면 어쩔 거야. 이 동네에 평점 5점짜리 헬스

빅가이 집

장이 얼마나 많은지 알아?"

　관장은 회원들에게 인기가 많은 주니를 경계했다. 장기 회원 하나를 주니에게 뺏긴 후로는 더 까칠하게 굴었다. 트레이너들끼리의 막걸리 회식도 주니가 수업 있는 시간대로 잡아버리곤 했다. 유일한 여자 트레이너인 데이지가 주니를 위해 육전을 따로 포장해 왔었다.

　"일단 수업 가봐. 끝나고 다시 이야기하자고."

　관장이 상담실을 나갔다. 멍하게 서 있던 주니도 서둘러 회원 차트를 챙겨 스트레칭 존으로 향했다. 아크테릭스 티셔츠를 입은 은발의 남자가 폼 롤러로 몸을 풀고 있었다. 한 사립대학교 영문학과에서 정년 퇴임했다는 노인이었다. 디스크가 있어 동작에 제한이 많긴 했지만 체력도, 매너도 훌륭한 양반이었다.

　"안녕하십니까, 회원님. 오늘 컨디션은 어떠십니까."

　"자네, 그거 콩글리시라고 내가 몇 번 얘기했잖나. 허허."

　"입에 익어서……."

　"어제 라운드 다녀온 뒤로 어깨가 좀 뻣뻣하구먼."

　"여기 베드에 누워보시겠어요? 사각근 문제 같은데 한번 보겠습니다."

　"그러지."

　엎드려 누운 노인의 머리맡에 선 주니가 마사지를 시작했다. 의식하지 않으려 해도 천장에 달린 CCTV가 보였다. 터치가 너무 과하지도 부족하지도 않게 신경을 썼다. 접촉이 교육 내용이자 방법인 일이니만큼 말도 많고 탈도 많았다. 여기저기 아프다며 실컷 마사지를 받아놓곤 데스크에 전화해 추행을 당했다고 말하는 이도 있는 모양이었다. 그런 일로 그만둔 트레이너들이 주위에 적지 않았다.

나이는 몇 살이냐, 학교는 어딜 나왔느냐, 꼬치꼬치 호구조사를 하는 통에 대거리를 해주었을 뿐인데 사담이 많아 피티 시간을 날렸다는 회원은 겪어본 적이 있었다. 그렇다고 입을 꾹 닫고 있으면 세트 중간에 마가 떠서 어색하다는 피드백을 받았다. 하체 비만이라 강도를 높여달라고 해놓곤 운동 후에 부정 출혈을 했다며 고소 운운하는 경우도 있었다.

송도에서도 고급스러운 축에 드는 이 헬스장으로 옮긴 후회원들의 체형이나 운동 인지 능력은 좋아졌다. 하지만 곧 죽어도 트레이너에게 죄송하다는 말을 듣기 전까진 물러나지 않는 회원도 그만큼 늘었다. 본인의 말과 달리 부드러운 노인의 어깨를 주무르는 주니의 워치에 채원의 문자가 떴다.

─야, 가방에 있는 이 사가미 콘돔 뭐야. 개새끼. 난 너 때문에 루프 끼고 피부 다 뒤집어졌는데. 이 집에 다신 기어 들어오지 마. 보증금 내가 낸 거니까.

골고루 미칠 노릇이었다. 수업이 끝난 주니는 채원에게 전화를 하려던 마음을 바꿔 수미에게 문자를 보냈다.

—술 좀 사줘.

바로 전화가 걸려 왔다. 문자보단 전화를, 전화보단 대화를 선호하는 수미. 문자로만 골백번 이별 선언을 했던 채원과 달랐다. 이럴 땐 나이 차이를 실감했다.

"무슨 일이야."

"그냥 꿀꿀해서."

"또 댄이 지랄했구나."

"그렇지 뭐. 사는 게 왜 이렇지."

"시끄러. 스물아홉짜리가 어디서 인생 타령이야."

도통한 듯한 수미의 말투에 주니가 클클 웃었다.

"야, 더러운데 거기 때려치우고 우리 센터로 와."

"레깅스 입고 필라테스 하라고?"

"필라테스 창시자 몰라? 요제프 필라테스, 그 사람도 남자야. 요새 남자 강사 꽤 있어. 자기 생활스포츠지도사도 금세 땄다며? 필라테스 자격증 따. 나 민간 자격증 발급 권한 있어."

"말도 안 되는 소리 하지 마."

"농담 아냐. 남자 강사 수요에 비해 공급이 적어서 블루오

션이라고."

"……."

"안 그래도 지도자 과정 곧 오픈할 거야. 애인 할인도 잔뜩
해줄게."

"됐어."

"정 싫으면 내가 센터 한쪽에 웨이트 존 만들어줄게. 이따
천천히 이야기해보자. 나 수업."

"응. 그리고……."

"뭐?"

"……고마워."

"키 크다고 싱겁긴."

수미에게 석진의 메신저 이야기를 해줄까 말까 망설이다
결국 하지 못했다. 끊어진 전화를 들고 서서 주니는 수미와의
관계가 얼마나 갈 수 있을지 생각해보았다. 가끔 그녀가 자신
을 셋째 아들로 여기는 건 아닌가 싶을 때가 있었다. 며칠 전
자신의 허리 위에서 좌우로 흔들리던 목걸이가 떠올랐다. 참
깨 다이아가 촘촘히 박힌 열쇠 모양의 목걸이. 다음 날 찾아가
본 티파니 매장 앞엔 놀랍도록 잘생긴 남자 하나가 서 있었다.
주니를 위아래로 훑어보는 시선과 달리 목소리는 상냥했다.

"음료는 반입 불가입니다. 마시고 들어오시거나 거치대에
보관 부탁드립니다."

운동 효율을 높이려 하루 종일 달고 사는, 그래서 오른손의 일부로 느껴지는 아이스 아메리카노를 남자가 가리켰다.

"아, 네."

남은 액체를 허겁지겁 들이켜고 얼음을 씹어 삼켰다. 샴페 인빛 조명이 가장 밝게 떨어지는 유리관 속에 문제의 목걸이 가 전시되어 있었다.

"이거 얼마예요?"

"구매하시게요, 손님?"

언감생심이란 표정이었다. 그때 매장의 사면을 막아선 거 울에 제 모습이 비쳤다. 나이키 리유저블 크로스백, 어정쩡한 조거 팬츠, 팔뚝의 전완근이 보이도록 걷어입은 후드 티, 그 아 래 오래된 루이 얼굴 문신과 새로 새긴 날개 타투. 물구나무를 서서 봐도 그걸 살 것 같지 않은 남자가 서 있었다.

'드라마라면 이럴 때 홧김에 사버렸을 텐데.'

객기를 부리는 데도 돈이 필요했다. 최저임금 수준의 기본 급에, 피티 실적 수수료도 고만고만했다. 댄이 자신을 해고할 때 받을 퇴직금으론 저 목걸이의 절반도 갖지 못할 게 뻔했다. 텁텁해진 입으로 목걸이 옆에 놓인 반지를 바라보다 돌아섰 다. 설령 로또가 돼서 산다고 해도 수미는 저걸 낄 수 없을 것 이다. 자신도 마찬가지. 바벨과 철봉을 하루에도 몇 번씩 잡는 지라 채원이 졸라도 커플링을 맞추지 않았다. 이번 달 카드값을 생각하니 수미의 말이 다시 생각났다.

'정말 필라테스 자격증이라도 따?'

언제까지 이 헬스장 저 헬스장을 전전하며 살아야 할지, 언제까지 1300원짜리 닭가슴살 봉지만 뜯어 먹으며 살아야 할지, 언제까지 채원과의 커플 계좌에 5만 원씩 입금하며 살아야 할지 막막했다.

'이 몸뚱아리가 쪼그라들고 나면 뭘 뜯어 먹고 살아야 하지?'

목이 조이듯이 말랐다. 헬스장 공용 냉장고를 열어 제 이름이 적힌 보충제를 꺼냈다. 셰이커에 가루를 붓고 맹물을 받았다. 바텐더처럼 흔든 뒤 뚜껑을 열어 목구멍에 들이부었다. 입가에 묻은 단백질 가루를 손목으로 닦을 때 신트림이 났다. 뒤늦게 약 생각이 났다.

"우욱."

걸쭉한 액체가 목젖을 치고 올라왔다. 순간, 주니는 수미의 제안을 받아들이기로 했다.

5장

소래포구

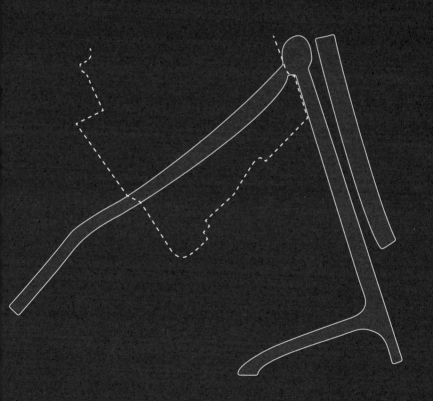

약속한 일요일, 더할 수 없이 날이 맑았다. 석진은 휘파람을 불며 봉사 부스로 향했다. 그날따라 무료 진료를 받으려는 사람들의 줄이 더 길었다. 그 속에서 유화의 얼굴을 발견할 수 없었다. 부스를 정리할 때에야 문자가 왔다.

—기숙사에 일이 생겨서 못 갔어요.
—괜찮아요? 제가 그리 갈게요.
—주소 찍을게요.

차를 몰고 공장 기숙사까지 달렸다. 지는 해가 이글거렸다. 석진은 콘솔박스에 넣어두었던 선글라스를 꺼냈다. 과속 감시 카메라가 있다는 내비게이션의 목소리도 몇 번 무시했다. 컨테이너 건물 아래 주차된 차를, 목욕 다녀오던 여공들이 흘끔거렸다. 선팅이 워낙 진해서 안쪽은 보이지 않을 것이다. 석진은 차 뚜껑을 열었다. 혼수로 받은 세단을 팔고 스포츠카를 사놓고도 막상 오픈카 상태로 몰아본 적은 드물었다. 성근 머리

숱을 골프 모자로 감추고 보잉 선글라스를 쓴 석진은 어쩐지 한참 젊어진 기분이었다.

"누구 찾아오셨어요?"

지나가던 여공 두 명 중에 되바라져 보이는 쪽이 말을 걸었다.

"백유화 씨요."

목욕 바구니를 고쳐 들며 뒤돌아서던 그들이 속삭였다.

"해룡이만 불쌍하네."

그때 시선의 소실점에서 희고 긴 치마를 입은 이가 나타났다. 유화였다.

생뚱맞게 싸구려 비닐우산 하나를 들고 있었다. 낯선 차림에 긴가민가했지만 치마 사이로 비치는 국방색 장화가 틀림없는 유화임을 증거하고 있었다. 차에서 내린 석진이 조수석 문을 열어주자 유화가 쭈뼛대며 몸을 구겨 넣었다. 아까 그 여공들이 힐끔대는 게 느껴졌다.

"그럼 술다운 술을 드실 수 있는 곳으로 모시겠습니다."

"소래포구로 가요. 바다가 보고 싶어요."

석진을 보지 않은 채 유화가 말했다. 전방만 주시하고 앉은 유화의 뺨은 꽉 다문 어금니 때문에 패어 있었다.

"좋습니다. 바다 보며 마시는 술이 최고죠."

내비게이션을 고쳐 찍으며 석진이 말했다. 몇 년 전 방송에

나온 간장게장을 사러 갔던 때가 마지막이었다. 그새 현대화
된 시장의 풍경은 낯설었지만 호객 행위는 여전했다. 시장은
크게 세 개의 골목으로 나누어져 있었다. 회 파는 골목, 젓갈
파는 골목, 게장 파는 골목. 그들은 회 파는 골목으로 들어섰
다. 시장 바닥에 고인 비린 물 때문에 유화의 치마 밑단이 더
럽혀졌다. 젖은 치마 아래 장화가 한 가게 앞에 멈춰 섰다. '경
상도 남자'라는 상호 아래 붉은 글씨가 적혀 있었다.

〈억수로 드립니다.〉

석진은 별로 살펴보지도 않고 가장 비싼 메뉴를 주문했다.

"도다리 세트 13만 원짜리로 주십시오. 세꼬시 많이 주시
고요."

"생선 볼 줄 아시네예. 전복은 필요 없습니꺼?"

심한 사투리의 주인이 이끼 낀 수조를 가리켰다.

"얼마죠?"

"억수로 큰 전복 하나에 오천 원입니더."

"많이 시켰으니 전복은 서비스로 좀 주시죠."

석진이 재미 삼아 흥정을 붙여보았다.

"전복 하나 팔면 마진 천오백 원 남습니더."

"오천 원짜리 전복에 마진 천오백 원이면 많이 남기시는
거 아닙니까?"

"와 이라는교. 참내. 그럼 만 원에 세 개."

"만 원에 네 개 해주시죠."

"이 양반이 머라 캐샀노."

그러면서도 주인은 할 수 없다는 듯 고개를 끄덕였다. 떨어져 서 있던 중년 여자가 잽싸게 다가왔다. 석진이 바지 뒷주머니에서 고야드 반지갑을 꺼냈다.

카드가 빼곡한 지갑의 가운데를 벌리자 누르고 푸른 지폐가 생선 내장처럼 비죽 드러났다. 석진은 그것들을 꺼내 천천히 두 번 셌다. 뺏어 가듯 채 간 돈을 앞치마에 넣은 횟집 여자가 뜰채를 들고 수조로 다가갔다. 석진이 칭찬을 바라는 아이처럼 유화를 바라보았다. 유화는 우두망찰 서 있기만 했다. 눈치 빠른 주인이 말을 붙였다.

"저어기 2층에 상차림 식당 쪽에 가 있으소. 매매 손질해가 갖다 널쫄게."

"아니에요. 그거 보겠어요."

유화가 처음으로 입을 열었다.

"젊은 아가씨가 용하데이. 저번에 러시안지 우크란지 거기서 왔다는 아가씨는 쏙이 안 좋다믄서 구역질까지 해 가꼬 참 내. 포시라바가지고."

여자가 떨구고 간 도다리에 대고 칼을 휘두르며 주인이 말했다. 유화가 그쪽으로 상체를 내밀며 말했다.

"눈을 감지 않고 죽네요."

"물고기는 눈꺼풀이 없습니더. 와예. 눈도 못 감고 죽으니까 한이 많아 보입니꺼."

"제가 아는 사람도 눈을 못 감고 죽었거든요."

"우리 엄니도 그래가 눈꺼풀 밑에 솜을 넣었습니더."

주인은 고무장갑 낀 손으로 걷어낸 생선 내장을 발밑에 던졌다. 순식간에 물고기 모양 스티로폼 접시 가득 젖빛 속살들이 채워졌다. 아래 깔린 무생채가 안 보일 만큼 풍성한 살점들을 보니 시장기가 동했다. 섬사람답게 날것을 즐기는 석진이었다. 생선 손질을 끝낸 주인은 행주로 대충 훔쳐낸 도마 위에 전복을 올렸다.

"좀 걸리겠는데, 술 한잔하고 있을까요?"

석진의 말에 유화가 고개를 가로저었다. 도마 왼쪽에는 타원형의 살이, 오른쪽에는 쑥빛 내장 주머니가 쌓여갔다. 두툼한 전복 살점 모서리로 칼끝이 비스듬히 들어갔다. 갓난아이 이빨처럼 작고 뾰족한 것이 울컥 올라왔다. 주인은 해삼처럼 뭉툭한 손가락에 어울리지 않는 섬세한 손놀림으로 그것을 집어냈다.

"그게 뭐예요?"

유화의 물음에 주인이 웃으며 답했다.

"치설입니더. 사람으로 치면 혀랑 이빨 아입니꺼. 이걸로 다시마 잎을 갈바먹는다 카대요. 야들도 이빨이 있어야 뭘 먹지 않겠습니꺼. 아가씨맨치로."

"제 이빨도 칼로 빼실 수 있겠네요."

"아이고 무시라. 이 아가씨 말마다 얄굿데이. 어디서 왔습
니꺼?"

"연변이요."

"안 그래도 요새 중국 손님들이 많이 옵니더. 여 소래포구
가 유튜브에 많이 나온다 카대요. 킹크랩도 막 사 가고 손이
큽디더."

포장된 회를 들고 건물 2층으로 올라갔다. 호객꾼이 이끄
는 대로 첫 번째 식당에 들어섰다. 식탁마다 하얀 비닐이 깔려
있었다. 석진은 생선 뼈가 든 검은 비닐봉지를 식당 직원에게
내밀었다.

"매운탕에 라면 사리요."

"네."

바다가 보이는 자리가 비어 있었다. 손을 들어 소주 두 병
을 시켰다. 유화가 멈칫하더니 백세주로 해요, 그리고 사이다
한 병만, 하고 작은 목소리로 말했다.

"한국 술은 술 같지도 않다더니 약한 모습 보이는 거예요?"

석진이 능글맞게 묻자 유화는 얼굴을 붉혔다. 직원이 음료
를 내려놓자 유화가 석진의 잔엔 백세주를, 자신의 잔엔 사이
다를 따랐다.

"탄산은 위에 안 좋을 텐데요. 이에도 그렇고."

석진이 직업적인 잔소리를 했다.

"오늘은 술 안 마실래요. 난 사이다 마시면 어쩐지 소독되는 느낌이 들어요."

"근데 왜 난 사이다 말고 백세주 줘요?"

"당신은 장수해야 하니까."

"나만요?"

"전 어차피 오래 못 살아요. 아시다시피 먹는 버릇이 안 좋거든요."

석진이 쓰게 웃으며 한 모금 들이켠 뒤 말했다.

"잘 알죠."

"말해보세요. 또 어떤 걸 먹고 오는 환자들이 있는지."

"다양해요. 콘돔, 유리 조각, 비닐봉지……."

"……."

"회도 좀 들어요."

"입맛이 없네요."

"요거트도 아닌데요?"

"살아 있을 때부터 봐서 그런지, 꼭 먹는 게 아닌 것만 같아요."

"잘 먹어야 하는데……. 공장에 식당은 있지요?"

"식판 밥은 먹기 싫어요. 냉기가 음식에 배서."

"그럼 안 돼요. 건강해야죠."

"왜요?"

"네?"

"한국인들은 건강에 왜 그렇게 관심이 많아요? 티브이만 켜면 건강, 약, 건강, 약. 중간에 보험 광고가 너무 길어서 드라마에 집중이 안 돼요."

"하하."

"낮에는 커피, 밤에는 술만 먹으면서."

"확실히 커피는 한국인들의 녹용이고 마약이죠."

석진 역시 하루에 다섯 샷은 마셔야 일상을 영위할 수 있었다. 살인적인 공부량에 시달리던 의대 시절부터의 습관이었다. 어렸던, 그래서 더 잠이 많았던 그 시절 석진은 믹스커피를 들이붓고도 몽롱한 상태에서 벗어나기 어려웠다. 지금은 새벽 네 시면 눈이 떠져 티브이 앞에 앉아 있지만. 그 시간 티브이를 켜면 철 지난 에로 영화와 해외 축구 중계만 나왔고 그는 늘 후자를 택했다.

"아침에는 카페인, 오후에는 니코틴, 저녁에는 알코올, 밤에는 마약, 새벽에는 SNS, 다시 아침이 되면 커피. 저번에 당신도 커피프린스 보고 한국 왔다면서요."

"그러네요."

"아무튼 그 덕에 제가 돈을 벌죠. 사람들 속이 엉망이 되니까."

　　　　　　　　　　　　소래포구

"그래 놓고 요거트 사 먹는 것도 웃겨요. 야간까지 요거트 포장하다 보면 송아지들은 도대체 누구 젖을 먹나 싶어요."

어느새 제법 들어간 술 덕에 석진의 몸에 훈기가 돌았다. 대학생 땐 수줍음이 많아 취중에야 여자 눈을 바라볼 수 있었다. 미팅 때도 펑크 난 머릿수나 채우는 역할이었다. 아버지를 닮아 키가 작고 말주변이 없는 게 콤플렉스였다. 발레 할 때 파트너를 구하기 힘들었다던 수미의 큰 키와 화사한 성격이 좋았던 이유이기도 했다. 유화의 얼굴을 쳐다보았다. 먹물을 바른 듯 검고 긴 속눈썹. 떠도 감은 듯이 보이는, 고요한 눈이었다. 굵게 절개한 쌍꺼풀 선이 동그란 수미의 눈과 전혀 다른 그것이, 취기 때문인지 아름다워 보였다. 세 번째 술을 주문한 뒤 석진이 용기를 냈다.

"속눈썹이 참 기네요. 마스카라는 왜 늘 바릅니까?"

"내 눈이 졸려 보인대요. 어릴 때부터 많이 들었던 이야기였죠. 어안魚眼이라고, 눈 중에 제일 나쁜 관상이라나요. 병이 많고 단명한다고. 덧없는 인생을 산다고 했어요."

"악담이네요. 그런 걸 믿어요?"

"그리고 누가 그랬거든요. 한국에선 눈 똑바로 뜨고 살아야 한다고. 그래서 발라요, 마스카라."

"누가 그랬는데요?"

"눈꺼풀이 없어 눈을 감지 못한댔죠?"

회 접시를 바라보며 유화가 엉뚱한 말을 했다.

"물고기 말고, 남자친구 이야기 좀 해봐요. 아까 기숙사 앞에서 어떤 사람들이 해룡, 어쩌고 하던데."

그 이름을 듣자 유화의 얼굴이 벼락 맞은 나무처럼 거칠게 갈라졌다. 벌어진 껍질 사이로 낯선 표정이 내장처럼 비죽 드러났다. 당황한 석진이 창밖의 바다로 시선을 돌렸다. 내려앉은 어둠 탓에 검은 유리창엔 그들의 옆모습만 비치고 있었다. 예보에 없던 빗방울이 낙하하기 시작했다. 무수한 빗줄기들이 지렁이처럼 꿈틀대며 유리 위를 기었다. 두 사람의 모습이 물방울 사이로 뭉개지고 돋아나기를 반복했다. 유화도 고개를 틀어 그것을 바라보았다. 두 사람은 창 속에서 잠깐 눈이 마주쳤다. 그때 젓가락을 든 유화가 쓰키다시로 나온 낙지탕탕이를 집었다. 온몸을 난도질당하고도 발버둥 치던 그것을 잇새에 넣고 오래오래 씹었다.

석진을 만나기 전, 낮의 기숙사에서 유화는 거울 앞에 서 있었다. 울렁거리는 속을 게워낸 뒤라 두 눈이 때꾼했다. 거울 아래 서랍장을 열었다. 면도 거품처럼 하얀 치마가 다림질이라도 한 듯 반듯이 개켜져 있었다. 언젠가 해룡이 신포시장에서 사다 준 치마였다. 유화는 서랍장 위에 늘어선 싸구려 화장품들을 바라보다 마스카라를 집어 들었다. 뚜껑을 열자 끈적한 액체가 거미줄처럼 늘어지며 검지에 묻었다. 눈을 내리깔고 가닥가닥 새카맣게 마스카라를 칠했다. 몇 가닥씩 떡진 속눈썹은 금세 딱딱하게 굳어졌다. 거울을 보며 눈을 크게 떠보았다. 검은 가루 몇 점이 불거진 광대 위로 떨어졌다. 그것을 닦아내지 않은 채 유화는 석진에게 문자를 보냈다. 기숙사에 일이 생겨서 못 갔어요.

서랍 속 하나 남은 면도날을 만지작거렸다. 거울 속의 유화도 따라 칼을 만졌다. 거울을 보고 입을 벌리자 군데군데 치흔이 박힌 혀가 드러났다. 백태에 뒤덮인 그것은 배를 뒤집고 죽은 생선처럼 멀겋고 불퉁했다. 한가운데 칼날을 눕혔다. 비릿한 쇠 맛이 났다. 공장 구내식당 식기에서 나던 냄새. 도통 말주변이 없고 입이 짧은 유화는 공장 사람들과 어울리지 못했다. 식당 밥을 안 먹고 탕비실 과자나 축내는 유화를 대놓고 싫어하는 이들도 있었다.

그래서일까. 멀리서 눈만 마주쳐도 해사하게 웃는 해룡을 보면 유화는 괜히 역정이 났다. 뭐가 그리 좋아서 계속 웃는 거지. 남의 땅에 와서 구르는 주제에 뭐가 그리 좋다고. 젊은 여공들이 해룡 씨, 해룡 씨 하며 웃음을 던질 때 턱을 긁적이며 쑥스러워하는 모습은 더 보기 싫었다. 그러거나 말거나 한국인 여공들은 대수롭지 않은 고장에도 그를 여자 기숙사로 불러들이곤 했다. 표 나게 뭘 한 것도 아닌데 해룡의 손이 닿으면 끊겼던 전원이 들어오고, 꺼졌던 소리가 다시 났다.

작업반장이 따로 있었지만 크고 작은 갈등이 생기면 모두가 해룡과 상의했다. 대체 근무자가 필요할 때도 해룡을 가장 먼저 떠올렸다. 사람이 도통 골을 낼 줄 몰랐다. 어디에 가도 사람들 사이에서 웃고 있는 해룡을 볼 수 있었다.

발효실 문을 실수로 열었다가 사장한테 호되게 혼이 난 날이었다. 시무룩한 유화에게 사람들이 다가와 저녁을 권했지만 고개를 저었다. 다들 구내식당으로 떠난 뒤 혼자 쭈그리고 있는데 누군가 다가왔다. 여름 숲의 나무 냄새 같은, 엷은 물비린내가 풍겼다.

"유화 씨."

"······."

"순대 좋아해요?"

파묻고 있던 고개를 들었다. 퉁퉁 부은 눈 사이로 해룡의 윤곽이 파고들어 왔다. 흐릿하던 상이 차츰 또렷해졌다. 예의 훤하게 웃는 입매와 반듯한 턱선. 그 아래 몇 군데 붉은 상처가 자리 잡고 있었다. 눈물 때문인지 어룽어룽하게 보이는 그것들은, 틀림없이 어딘가 벤 상처였다. 유화의 시선을 눈치챈 해룡이 머쓱하게 턱을 쓰다듬었다.

"한국 면도기가 적응이 안 돼서······."

가구 공장에서 톱질을 하며 살았다던 남자가 제 턱은 간수 못하는 것이 우스웠다. 유화가 눈을 내리깔며 속삭였다.

"나 잘하는데……."

"네?"

"오빠가 다쳐서 누워 있을 때 내가 면도해 줬거든요."

"아……."

"순대, 사주세요."

유화가 해룡의 눈을 똑바로 응시했다. 해룡의 얼굴에 시뻘 겋게 불이 지펴졌다. 휙 돌아서며 해룡이 말했다.

"끝내주는 순대국밥집을 알아요."

머리 둘만큼은 큰 해룡 뒤에서 종종걸음으로 따라가자니 널따란 등판이 시야를 가렸다.

"여기예요."

갑자기 걸음을 멈추는 바람에 유화의 얼굴이 해룡의 등 가 운데, 움푹한 곳에 부딪혔다. 곧고 따스하고 단단한 뼈였다. 뺨 을 때리던 차가운 겨울바람이 멎었다. 유화는 있는 힘껏 숨을 들이마셨다.

처음 먹어보는 당면순대는 뜨겁기만 하고 맛이 없었다. 찰 진 연변식 순대에 길이 든 유화로서는 씹을 때 물컹한 당면의 느낌이 역했다. 한참을 질겅대며 넘기지 못하는 유화를 보고 해룡은 곽에서 휴지를 뽑아 내밀었다.

"입에 안 맞으면 뱉어요."

숨을 딱 참고 꿀꺽 삼켰다. 그러자 해룡이 쥐고 있던 휴지로 조심스럽게 유화의 입가를 닦아주었다.

"들깻가루가 묻어서……."

자고 일어나면 수염이 길어 있던 남자였다. 멋쩍어하는 해룡의 목에 풀색 수건을 두르고 면도를 해주곤 했다. 두 사람이 들어가면 꽉 차는 화장실이었다. 눈처럼 하얀 크림을 바르고 선 남자는 덩치만 큰 개처럼 순해 보였다. 하얀 면도 거품을 그릇에 짤 때 나던 소리, 털이 자라난 방향대로 면도날을 움직이면 나던 소리. 반지하방 창문에 내려앉던 싸락눈의 소리. 2인분의 쌀을 바락바락 씻어 안칠 때 나던 소리, 밥솥의 추가 빙글 돌며 젖빛 증기를 뿜던 소리. 밥물 끓는 소리와 해룡의 세숫물 소리를 들으며 마스카라를 바르던 아침, 어린 시절 아빠에게 그랬듯 까슬하게 돋아난 턱수염에 손가락을 비비며 까무룩 그의 품에서 잠이 들던 저녁, 야간 근무에서 돌아올 그를 놀래주려 비닐 옷장 안에 숨어 있던 밤, 지퍼를 열었다 그 속에 든 유화를 보고 영차 안아 올리던 남자에게서 풍기던 바깥 냄새.

처음 면도날을 삼킨 채 가까운 병원에 걸어갔던 날, 에어컨이 켜진 시술실은 추웠다. 한국에선 눈을 똑바로 뜨고 살아야 한다던 해룡의 말을 떠올려보았지만 눈꺼풀은 속절없이 감겨 들어갔다. 마취가 시작되며 흐려진 시야 속으로 눈에 익은 수염이 잔상처럼 스며들었다. 검은 수염에 국물 방울을 묻히는 남자, 뚜껑 없는 차에서 장미 향이 나는 남자, 높은 건물 안에서 남의 속을 보는 남자, 단단한 줄을 매고 가짜 벽을 타는 남자.

"유화 씨."

침묵을 참다못한 석진이 유화를 불렀다. 갑자기 음소거가 해제된 듯 옆 테이블에서 와글대는 사람들의 목소리가 들리기 시작했다. 늘어선 소주병 개수에 비례해 불어난 목청들이었다. 멍청한 표정의 유화가 메고 온 에코백에 손을 집어넣었다. 조잡한 로고의 금장이 벗겨진 지갑이 딸려 나왔다. 똑딱이 단추를 열자 증명사진 하나가 나타났다. 여권용 사진일 뿐인데도 널따란 어깨선과 탄탄한 앞가슴이 선명하게 드러났다. 바가지를 엎어놓은 듯 잘생긴 이마 위로 풍성한 곱슬머리가 흘러내리고 있었다.

"해룡, 우해룡이에요."

"미남이네요."

석진은 위축되는 마음을 감추며 대답했다. 요새 머리숱 때문에 걱정이 많은 석진이었다. 지방에서 체인형 모발 이식 센터를 개원한 친구에게 가볼까 생각하는 중이었다.

"해룡 씨는 수영 선수였어요. 어릴 때."

"아."

순간 석진은 연변에도 수영장이 있냐고 물을 뻔했다.

"물속에만 들어가면 그렇게 좋았대요. 근데 대회에 나가려면 수영복이 대여섯 개는 있어야 했대요. 연습을 하면 할수록 수영복이 낡으니까. 결국 관두고 가구 공장에서 일했대요. 나무 가루 때문에 침을 뱉으면 갈색 가래가 나왔다고, 꼭 자기가 나무가 된 거 같았다고 했어요. 다시는 수영을 못 하겠구나 싶었는데 별로 슬프진 않았대요. 그 사람은 그냥 항상 기분이 좋은 사람이었어요. 넘어져도 웃고, 독감 걸려도 웃고. 그러다 친구 따라 한국까지 오게 된 거죠. 요거트 공장 처음 왔을 때 엄청 좋았대요. 깨끗하고 환해서."

"거기서 유화 씨도 만났으니 더 그랬겠네요."

"그랬을까요?"

"아니에요?"

"글쎄요. 연변으로 돌아가면 물어봐야겠네요."

"남자친구가 인천에 있는 게 아니었어요?"

"먼저 연변으로 가 있어요. 한국에서 모은 돈으로 우리가 살 집을 구했거든요."

석진은 놀란 기색을 숨기며 답했다.

"그렇군요. 그럼 유화 씨도 곧 연변으로 가나요?"

"아마도."

도무지 갈피를 잡을 수 없는 여자였다.

"이렇게 멋진 애인이 있는데 왜 그런 짓을 했습니까?"

"……."

"불편한 질문이었다면 미안합니다."

"이유를 알면 치료가 되나요?"

"이유를 모르면 불가능한 건 확실하죠."

"먼저 제 질문에 답을 주면 생각해볼게요."

"해보세요."

"수염은 왜 길러요? 순댓국집에서 대답을 안 해줬죠."

"아."

석진은 뻘쭘하게 웃으며 턱을 만졌다.

"턱에 흉이 좀 있어요. 그걸 가리려고요."

공기가 무거워지자 석진이 너스레를 떨었다.

"이 수염이 이래 봬도 비싼 수염이에요. 바버숍에 누워서 3주에 한 번씩 수염 정리를 받는데 간단한 면도만 해도 5만 원이거든요."

"왜 그렇게 비싸요?"

"면도용 오일로 얼굴을 닦고, 비누 거품 내서 그루밍하고, 진정제까지 바르다 보면 30분이 넘게 걸리죠."

"흉터 가리는 데도 돈이 많이 드네요."

"그러니까 처음부터 안 생기는 게 좋죠."

"그래서 전 안 보이는 데 내잖아요."

"그게 더 나쁜 건 알죠?"

"의사 선생님은 죽고 싶을 때가 없어요? 난 내가 비정상이라고 생각 안 해요. 깨어 있을 때 가끔 졸린 것처럼 살아 있을 때 가끔 죽고 싶은 것도 정상 아닌가요."

"신선한 관점이네요."

대답하며 힐끗 유화의 손을 봤다. 나이가 믿기지 않을 정도로 마디가 굵고 건조한 손이었다. 하긴 피곤한 날 잠을 갈망하듯이 피곤한 삶은 죽음을 갈망할 수 있다. 어머니가 그랬듯.

"아무튼 제 질문에 답을 하셨으니 저도 말을 해드리죠."

유화의 말에 석진이 침을 꿀꺽 삼켰다.

"집안 내력이에요."

"네?"

"우리 엄마는 아팠어요. 기억할 수 있는 순간부터 늘 누워 있었죠. 집안일은 내 몫이었어요. 어릴 때부터 내 생일에도 내가 밥을 지었어요. 신기한 건 외할머니도 그랬다는 거예요. 외갓집에 가면 할머니가 늘 옥장판에 누워 있었어요. 그 옆엔 하얀 살비듬이 쌓여 있었고. 검지로 그걸 눌러 닦으며 생각했어요. 사람 몸에서 이렇게 가루가 많이 나오는구나, 하고."

"두 분께 무슨 병이라도?"

"의사들은 원인을 모르겠다고 했어요. 어느 날 동네 사람들이 하는 얘길 들었어요. 우리 집 여자들에게 신기가 있다고 했어요. 신내림을 안 받아서 노염을 타는 거라고. 아버지가 북한에 있는 동생한테 가버린 거, 할머니가 영영 못 걷게 된 거, 오빠가 학교에서 잘린 것도 다 핏줄 때문이라고 했어요. 더러운 피라고, 내 몸에도 그게 흐른다고. 아시죠? 그런 이야긴 아무리 작게 말해도 잘 들리는 거. 제가 칼을 타야 할 팔잔데 못 그래서 삼키는 모양이에요. 풀어내지 못한 신이 병이 되어서."

"설마요."

석진은 술이 확 깨는 것을 느꼈다.

"점집을 간 적이 있어요. 연변 무당들은 점을 볼 때 사주를 묻지 않아요. 아무 말도 없이 얼굴만 보던 무당이 한참 만에 그랬어요. 칼을 갈아 쓸 팔잔데 불귀신까지 붙었다고. 뜨거운 게 몸 안을 활활 불태우면서 돌아다닌다고 했어요. 칼을 시뻘겋게 달굴 만큼 센 불이라고. 무섭냐고 묻데요. 그래서 말했어요. 불이 뭐가 무섭냐고, 사람이 무섭지. 그랬더니 그 불이 날 태울 거라고 했어요. 물을 들이부어야 한다고, 바다를 건너가라고. 안 그럼 달궈진 날로 오만 걸 다 베고 다니게 될 거라고 했어요. 부모도, 남자도, 자식도. 떠나기만 하면 되는 거냐고 물었더니 한숨을 쉬었죠. 불줄이 하도 세서 쉽게 식히긴 어려울 거래요. 그러면 어떡하냐고 물었더니 조용했어요. 일어서는 제 등에 대고 그러데요. 칼로 베어도 되는 걸, 아니 베어줘야 하는 걸 찾아가라고."

"그런 말도 안 되는 이야기를 믿습니까?"

"내가 꿈을 꾸면 그게 다 일어나요."

"무슨 꿈을 꾸는데요?"

"해마다 다른데…… 요샌…… 높은 데서 떨어지는 꿈이요."

"키가 크려나 보네요."

"서른둘에?"

"마흔둘이 보기엔 서른둘은 어린아이죠."

"난 당신보다 훨씬 늙은 여자예요. 어쩌면 날 때부터 늙어 있었는지도 모르죠."

유화가 사이다 잔을 비우며 창밖을 바라보았다. 아닌 게 아니라 술이 깨고 나자 여자의 옆모습은 노숙하고 남루해 보였다. 수미와 나란히 세워놓으면 행인들은 유화를 동정하리라.

"어느 날 식당 일을 마치고 집에 왔는데 엄마가 안 보였어요. 또 버스를 타고 빙빙 도나 보다 하고 말았어요. 열이 뻗치면 늘 그러곤 했거든요. 화장을 지우려고 들어갔는데……."

"그런데요?"

"냄새가 났어요. 피 냄새 잘 아시죠?"

"……."

"욕조가 빨갰어요. 엄마 팔 한쪽이 욕조 밖으로 나와 있었어요. 바닥에 떨어져 있는 칼을 보면서 생각했어요. 아, 남을 안 베려면 자기를 베면 되는구나 하고."

"……."

"무당 말대로 바다만 건너오면 도망칠 수 있을 거라 생각했어요. 여기선 아무도 나를 모르니까, 우리 집을 모르니까. 무당 말이 맞긴 했어요. 불귀신도 물러갈 거예요. 요거트 공장은 엄청 추우니까."

"다른 일자리를 찾아보는 건 어때요?"

"내가 뭘 할 수 있죠? 당신 병원에 앉아 손님이라도 맞을까요?"

"안 될 거 없죠."

내뱉는 동시에 석진은 그 말을 후회했다. 더럭 겁도 났다. 칼을 삼킬 정도로 무서울 게 없는 이 여자가 두려웠다. 수미가 입버릇처럼 하던 말이 떠올랐다. 가난한 사람들은 무서울 게 없다고. 그래서 자기는 밑바닥 인생들이 제일 겁난다고. 뜬금없이 조선족 여자를 데스크에 앉혀놓으면 환자들 반응이 어떨지 뻔했다. 무엇보다 그 데스크 대금을 치른 장모가 펄펄 뛸 일이었다.

"풋. 겁쟁이."

유화는 웃으며 고개를 가로저었다.

"그렇게 겁이 많으면 부자 못 돼요, 의사 선생님."

"유화 씨는요? 겁이 없어서 부자 되는 중인가요?"

"해룡 씨와 계획한 돈을 거의 모아가요. 다 채워지면 돌아갈 거예요. 약속했거든요."

"대단하네요."

"우리 연변 사람들은 생활력이 강하니까요."

"그런 거 같아요. 첫아이 잠깐 키워주셨던 분도 연변 분이셨거든요."

"우리 오빠는 사고 보상금으로 청도에 집을 샀어요. 그 집에서 조카도 태어났고요. 사고당했던 게 자기 인생의 유일한 복이래요."

"……."

"한국은 참 고마운 나라죠?"

"……음료를 좀 더 시킬까요?"

"이제 그만 일어나죠. 내일 새벽반이에요."

냉연해진 목소리로 유화가 말했다. 냉탕과 열탕을 오가는 여자의 온도 차에 석진은 혼란스러웠다. 유화가 테이블 구석에 놓인 종이 곽에서 일회용 비닐장갑 하나를 뽑아 들었다. 대게를 시키는 손님들을 위해 비치되어 있는 모양이었다.

"그건 왜요?"

"회가 남았잖아요. 싸 가서 기숙사 친구들 주겠어요."

"상할 거예요. 내가 새 걸로 사서 포장해 줄게요. 아님 가게에 이야기해서 기숙사로 배달시켜도 되고요."

"싫어요, 비싼 걸. 헛돈 쓰지 마요. 이렇게 손도 안 댄 음식이 있는데."

"탈 나면 어쩌려고요."

"우리 같은 사람들 속은 그렇게 고급이 아니에요."

"그런 말 하지 마요."

"탈이 나면 미진 내과로 가면 되잖아요."

유화는 고집을 부렸다. 젓가락을 들더니 일회용 장갑의 다섯 손가락 안에 남은 회를 채워 담았다. 장갑은 손을 넣어 낀 것처럼 금세 불룩해졌다. 옆자리 손님들이 그런 유화를 보더니 곁에 선 석진을 위아래로 훑었다. 세상 못난 놈이 된 기분에 얼굴이 달아올랐다. 기시감이 들었다.

돌아가신 어머니는 드물게 외식을 나갈 때마다 비닐봉지를 챙겼다. 남은 공깃밥이며 쌈 채소, 심지어 물김치까지 주섬주섬 담았다. 하나뿐인 가방 바닥에 반찬 물이 들어 있었다. 돌아가신 후 몇 안 되는 옷가지를 태울 때였다. 바지 주머니마다 어디선가 집어 온 휴지 조각과 사탕들이 가득했다. 그걸 꺼내며 석진은 어금니를 깨물어야 했다.

의대 입학식 날 상경한 어머니—아버지는 칼국숫집 단체 손님 때문에 오지 못했다—는 약밥과 바람떡을 담아 넣다가 뷔페 매니저의 제지를 받았다. 석진의 앞접시 위에 정신없이 LA 갈비를 올려주던 몸짓이 기억났다. 뷔페는 갈비만 먹어도

171

남는 장사라고, 헛배 부르니 밥은 먹지 말라고 했다. 목소리가 크고, 몸짓이 서툰 어머니가 창피해 석진은 기어이 체하고 말았다.

기숙사 변기에서 갈색 고깃점과 스파게티 가닥을 게워냈다. 정작 어머니가 그날 무엇을 먹었는지는 기억이 나지 않았다. 하지만 여느 날 그녀의 밥상 위에 올라 있던 것들은 또렷했다. 쉬기 직전의 밥과 새우젓, 고춧가루 양념에 몸을 묻은 고등어 도막, 삭은 된장에 거꾸로 처박힌 오이. 하나같이 차고 비린 것들.

뒤따르는 유화와 간격을 유지하며 석진은 공영 주차장으로 걸어갔다. 차 문을 열자 수미 냄새가 났다. 그녀가 즐겨 쓰는 향수 브랜드에서 출시한 방향제 때문이었다. 기어코 자신의 몸 냄새로 석진의 유일하게 사적인 공간마저 잠식하는 수미의 철저함에 감탄했다. 유화가 조수석에 오르자 차 안의 공기가 비릿하게 물들었다. 장미 향과 섞인, 미지근해지기 시작한 생선살 내음은 고약하기 이를 데 없었다.

그런데 그 냄새에, 눈치 없이 아랫도리가 부풀어 오르기 시작했다. 뜨뜻함에 체머리를 떨던 석진은 돌연 몸을 돌려 유화에게 입을 맞췄다. 물기 없는 입술에서 쇠 맛이 났다. 유화는 저항하지 않았다. 몸에 힘을 빼고 있을 뿐이었다. 숨소리조차 내지 않았다. 혀를 내돌려 보았지만 막막한 달밤에 춤을 추는 꼴이었다. 부풀었던 몸이 사그라들었다. 석진이 유화에게서 몸을 떼고 입술을 닦았다.

"미안합니다."

뜻밖에, 떨궈진 정수리를 쓰다듬는 손길이 느껴졌다.

"추워서 그런 거예요."

유화가 제 왼손으로 석진의 왼손을 끌어 앞섶에 갖다 댔다. 소년처럼 밋밋해서 유방보다는 가슴팍이란 표현이 어울리는 곳이었다. 석진이 그곳에 제 성근 정수리를 들이밀었다. 가파르게 솟은 양쪽 가슴뼈가 이마를 단단히 감싸주었다. 젖무덤에 묻힌 것처럼 막막하고 오롯했다. 둘째를 낳고 6개월간의 수유를 마친 수미는 석진에게 가슴 성형을 하겠다고 선언했다. 마침 석진의 동기 중에 일본에서 가슴 성형을 배우고 와 성업 중인 친구가 있었다. 일본인 의사의 이름자를 딴 압구정의 병원이었다. 원장 성미는 까칠해도 구형구축이 없는 것으로 유명세가 자자했다. 동기는 술자리에서 농담처럼 말하곤 했다.

"내가 대한민국 여자 가슴 절반은 만들어준 거 같아. 꿈에서도 실리콘을 넣는다니까."

"너랑 세현이는 복받을 거야. 한국 남녀를 구원하는 덕업을 쌓고 있으니."

세현은 고향에 내려가 탈모 전문 병원을 차린 친구였다. 친구한테 와이프 가슴을 맡긴다니 망설여졌다. 하지만 당사자들이 아무렇지 않아 해서 입을 다물었다. 지인 할인을 톡톡히 해준 친구에게 카발란 위스키를 사던 날, 친구가 헤어지며 말했다.

"네 부인 대단하더라. 수술 날 혈액순환 때문에 헐렁한 바지를 입고 오라고 했는데 딱 붙는 레깅스를 입고 왔더라고. 풀 메이크업까지 하고. 화장도 네일도 하지 말라고 했는데. 너도 알잖아. 혈중 산소 농도 확인해야 되는 거. 얼굴이 뽀얀 게 파운데이션을 발랐는데 딱 잡아떼더라고. 그냥 사실대로 말하고 닦아내면 되는데. 더 소름인 건 마사지 실장이 해준 얘기야. 이게, 수술하고 첫 마사지 받을 때가 수술보다 더 아프거든. 통곡을 안 하는 여자가 없어서 통곡 마사지라고 불러. 마사지 실장 머리채가 남아나질 않아. 근데 실장이 그러데. 자기가 가슴 마사지만 10년 찬데 찍 소리도 안 내는 여잔 처음 봤다고."

"애 낳으러 갈 때도 힐 신은 여자야. 출산 가방에 봉 고데기랑 요가 링이 있었다니까. 조리원에서도 내복을 안 입어서 원장한테 혼이 났지."

"까놓고 말해서 네가 장가갈 때 우리 다 질투했거든. 남자 신데렐라라고. 근데 말이야. 겪어보니까 감당하기 힘든 여자 같더라고. 너 안 힘드냐."

까칠한 놈답지 않게 다정하기에 부러 천박한 어조로 지껄여 보였다.

"신데렐라는 원래 힘들었어, 인마. 어차피 힘들 거면 재투

성이 옷 입고 힘든 거보다 골프웨어 입고 힘든 게 낫잖아?"

새가슴처럼 솟은 유화의 빗장뼈를 문지르자 몸이 다시 반응했다. 조수석을 최대치로 젖혔다. 얼마 전부터 마음처럼 따라주지 않는 몸 때문에 조바심이 났다. 전희 중에 사그라든 석진을 경험한 수미는 그 이후부터 노골적으로 약을 권했다. 석진은 몸이 식기 전에 서둘러 여자의 안으로 들어갔다. 그러거나 말거나 유화는 조수석 앞에 놓인 가족사진만 바라보고 있었다.

묘한 몸이었다. 차고 뻣뻣한 몸피. 안쪽은 의외로 따뜻한 물을 품은 여자였다. 하지만 석진의 몸은 이내 길을 잃고 허둥댔다. 에이스 이석진 원장이, 내시경 호스를 넣는 데 실패한 느낌이 들었다. 마치 뭔가가 팽팽하게 진입을 막고 있는 것만 같았다. 클라이밍 암장에 매달려 있을 때처럼 애를 쓰던 석진이 결국 정상에 오르지 못한 채 떨어져 나갔다. 아랫도리가 차갑게 식어 있었다. 침묵하던 유화의 입에서 갈라지는 목소리가 흘러나왔다.

"당신 아들들이겠죠?"

"……네."

"나도 이런 아이들을 갖고 싶어요."

"그렇게 될 거예요. 당신은 젊으니까. 그러니 칼 같은 거 먹지 말아요."

"뭘 좋아하나요. 당신 아이들은."

"큰아인 서커스를 좋아하고, 작은아인 인형을 모아요."

"첫째가 당신을 닮았네요."

"둘째는 제 엄마 판박이죠."

"부인이 연예인 같네요. 한국 드라마에서 이렇게 생긴 사람들을 많이 봤어요."

"내게 과분하죠."

"그래서 이러는 거군요. 과분한 건 괴로운 거니까. 해룡 씨도 내겐 과분했죠."

"미안합니다."

"뭐가 자꾸 미안해요. 내가 미안하죠."

"네?"

"데려다주세요. 기숙사로."

기숙사 앞 골목에 차를 멈추며 석진은 할 말을 고르지 못했다. 차창을 타격하는 빗발이 더 거세졌다. 유화가 에코백에서 박하사탕 하나를 꺼내 건넸다.

"이거 먹고 집에 들어가요. 횟집에서 가져온 거예요."

그러곤 몸을 기울여 조수석 문을 열었다. 발치에 놓여 있던 비닐우산을 쥔 채였다. 아까만 해도 뜬금없어 보였던 물건이었다. 예보에도 없던 비를 알았던 것일까. 유화가 우산을 펼치자 부러진 살 하나가 너덜거렸다.

어둠 속으로 사라지는 유화의 하얀 치마를 바라보자 헛기침이 났다. 몇 개의 다리를 건너 송도로 진입했다. 야할 정도로 화려한 불빛에 감싸인 도시였다. 화한 맛의 사탕을 깨물며 석진은 유화를 다시 만나지 않으리라 마음먹었다.

6장

마스터뷰

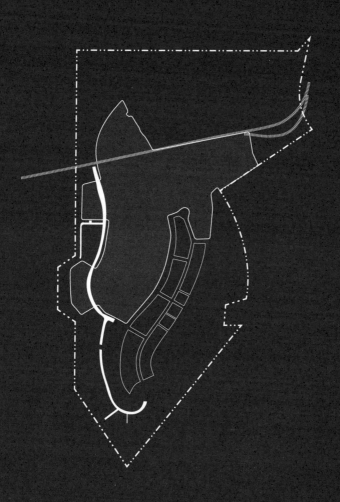

"자긴 봉사를 다니는 거야, 술집을 다니는 거야?"

웃음기 속에 날이 서 있었다. 심상치 않은 분위기에 아이들은 인사도 하는 둥 마는 둥 하고 마지막 출근을 한 옥란 곁으로 사라졌다.

"미안. 끝나고 의사들이랑 좀 마셨어."

"바가지 긁는 스타일은 아니지만 그래도 섭섭하네. 나랑은 와인 마셔달라고 졸라도 거절하면서."

"내가 언제."

"그랬잖아. 재미없게 무알코올 모히토나 들이켜면 내가 술맛이 나겠어, 안 나겠어."

"지금 해줄게. 대작."

"진짜?"

"그래."

"웬일이야. 세팅 좀 할게."

분주하게 냉장고 문을 여닫던 수미가 커다란 나무 도마를 날라 왔다. 도마 위에는 크래커와 요거트 볼, 버터나이프가 놓여 있었다. 뭔가 빠졌다는 듯 두리번거리더니 냉장고를 다시 열었다. 100그램씩 소분해놓은 스테비아 토마토 그릇을 꺼냈다. 수미가 요새 밥 대신 먹는 것이었다. 석진은 대체당을 주사한 그 공허하고 인위적인 맛이 질색이었지만.

"나이프는 왜?"

"이거 발라 먹으라고."

수미가 그릭요거트를 가리키며 말했다.

"치즈는 없어? 저번에 장모님이 햄퍼 세트 주셨잖아."

"그거 다 센터 강사들한테 나눠줬어. 지방에 나트륨 덩어리잖아."

"언젠 치즈 소믈리에 강좌까지 찾아 듣더니."

"와인 클래스에서 가자니까 간 거지. 요샌 다들 치즈 대신 요거트 먹는다고. 무슨무슨 다이어트들 신생 아이돌처럼 계속 나오지만 결국엔 지중해식 식단이 최고래."

"또 장모님이랑 종편 방송 본 거야? 쇼 닥터 나오는 사기 프로 그만 봐."

"자기도 섭외 전화 오면 맨발로 뛰어나갈 거면서."

석진은 달아오르는 얼굴을 감추려 괜히 나이프 끝으로 그릭요거트를 떠서 입에 넣었다.

"근데 이게 맛있어? 우유 비린내가 아주 압축적으로 풍기는데."

"흥, 날것은 비려도 잘 먹으면서."

"어릴 때 우유도 못 먹고 커서 그런가 보지."

"또, 또."

"목구멍에 걸려서 넘어가지도 않네."

"그 맛으로 먹는 거야. 요새 애들이 그런 꾸덕한 걸 좋아해."

"젊은 애들 따라가려다 질식사하겠는데."

수미가 웃음을 터트렸다.

"못 살아. 일부러 유청을 과하게 분리한 거야. 목구멍이랑 명치가 콱 막힐 만큼 묵직해야 포만감도 오래가거든. 꽉 채워지는 느낌."

"도넛 같은 마음을 채워주는 거군."

"그렇지. 그래서 애들이 도넛이랑 요거트에 환장하나 봐. 도넛으로 구멍 내고 요거트로 메꾸고. 마라로 속 뒤집고 탕후루로 코팅하고."

"남은 유청으론 뭐 해?"

"마사지하거나 라씨 만들어 먹는 사람도 있다는데. 난 버려. 재미 삼아 발라봤는데 트러블 나더라고."

깔끔한 성미의 수미는 뭘 버리는 데 일가견이 있었다. 한때 미니멀리즘에 빠져 집 안을 절간처럼 만들기도 했다. 잭 니클라우스가 설계했다는 골프장 뷰가 기가 막혀 이름조차 마스터

뷰인 이 아파트로 이사할 때였다. 수미는 이삿짐센터 직원이 혀를 뗄 만큼 많던 원피스와 가방을 다 버렸다. 일본인 미니멀리스트의 책—물건을 없애라고 떠들던 그는 얼마 전 자기 브랜드를 론칭했다—을 사들이고, 정리 전문가의 유튜브를 구독했다. 주황색 대형폐기물 봉투 수십 개가 필요했다. 뭔가를 사는 데도 돈이 들었지만 버리는 데도 마찬가지였다. 한 달도 못 가 사라진 원피스와 가방을 회상하며 후회하긴 했지만 버리는 행위에도 중독성이 있는 모양이었다. 1년에 한 번쯤 유사한 작업을 반복하곤 했으니까.

석진의 눈엔 그 모든 것이 새로 사기 위해 버리는 것, 그러니까 채움을 위한 비움으로 보였다. 인턴 때 미국 학회에서 기념품으로 받아 온 노트북 가방을 보풀이 일도록 드는 석진이었다. 가방끈이 떨어져 메는 대신 들고 다녀야 했고, 학회의 영문명이 박힌 로고도 흐려졌지만 석진은 그 가방을 고집했다. 수미를 향한 일종의 시위였다.

결혼 초반 싸움도 주로 그 때문이었다. 둘 다 주방 출입엔 흥미가 없었지만 그래도 신혼부부답게 주말엔 쉬운 요리를 따라 해보곤 했다. 어쩐지 그래야 할 것 같아서 코스트코 회원권을 만들고, 대용량 시리얼과 소스를 사고, 미제 맛이 나는 조각 피자와 불고기 베이크를 주문했다. 수미는 연어 롤과 커클랜드 단백질 바를 골랐다. 슈퍼도 드문 동네에서 자란 석진의 눈에 거대한 창고형 마트의 전시 상품들은 스펙터클 그 자체였다.

서로의 팔짱을 끼고 마트를 돌며 카트를 채우는 일 자체는 재미있었지만 들어간 시간과 돈에 비해 완성된 음식 맛은 밋밋했다. 검색한 레시피들은 대개 4인분 기준이었다. 애매하게 남은 요리와 식재료들은 냉장고 안으로 유배당했다. 먹지도 않으면서 또 버리지도 못하던 석진 대신 수미가 그것들을 음식물처리기 안에 부어버렸다.

"그냥 두지. 내일 데워 먹으려고 했는데."

박자를 못 맞추는 석진의 간섭에 수미는 짜증을 냈다.

"궁상떨지 마."

"뭐?"

"나 키친타월 쓸 때마다 자기 눈치 보는 거 알아? 택배도 자기 늦는 날 맞춰서 시키는 거 아냐고? 상자 쌓여 있으면 싫어할까 봐. 내가 사면 얼마나 산다고 그래. 이 염수미가 종이 타월 하나에 벌벌 떨어야 하냐고."

"언제 눈치를 줬다고 그래. 저번에 행주 쓰면 어떠냐고 한 말 때문에 그래?"

"그래. 나 행주 냄새도 싫고 삶기도 귀찮아. 행주 한번 쥐면 손에 냄새 배는데 나 회원들 몸 만지면서 수업하는 사람이야. 그래도 나름 절충해서 빨아 쓰는 타월 샀잖아."

"한 번이라도 빨아서 다시 쓴 적 있어? 물티슈도 너무 헤퍼. 깔끔한 건 좋은데 하루 한 통은 너무하지 않아?"

"누가 들으면 자기 돈으로 산 줄 알겠네."

"지금 뭐라 그랬어?"

"덕적도 처음 갔을 때 긴장해서 화장실 들락날락했더니 아버님이 나한테 뭐라고 하셨는지 알아? 볼일 볼 때 두루마리 휴지를 네 칸만 쓰래. 그게 예비 며느리한테 시아버지가 한 첫마디였어."

"……."

"서로 다른 환경에서 자란 건, 그래 이해해야지. 근데 왜 항상 나만 이해해야 해?"

"……."

"나 네일아트 하는 것도 싫어하는 거 알아."

"아냐."

"그럼 좋아해?"

"그것도 아냐."

"봐. 이해 못 하잖아."

"그래. 솔직히 그걸 왜 하는지 이해는 못 하겠어. 기껏 가로세로 5센티미터 손톱에 왜 기분을 달아놓는지. 거기에 왜 10만 원을 쓰는지."

"그 5센티에라도 붙들어두지 않으면 사라질 것 같은 날이 있어."

그 뒤로 석진은 수미의 행동에 가타부타하지 않았다. 둘 다 편해졌지만 또 꼭 그만큼 불편해졌다. 서로가 현관문을 나서면 그제야 큰 숨이 쉬어졌다.

"짠."

생각에 잠긴 석진을 깨우듯 수미가 잔을 부딪쳐왔다.

"짠."

석진도 웃으며 잔을 들었다.

"근데 자기, 나 자기랑 상의할 거 있어."

"말해봐."

"센터 말이야. 좀 본격적으로 해볼까 해."

"그동안 충분히 본격적이었던 거 아니었어? 송도에서 제일 잘나가는 센터잖아. 우아미 필라테스."

"필라테스만 해서는 어려울 거 같아. 물리적으로도 확장을 좀 하고."

수미는 물리적이란 단어를 즐겨 썼다. 의대 입학을 위해 반수를 택했지만 한 학기 동안 물리학과를 다녔던 석진은 수미가 물리의 뜻을 뭐라고 알고 있는지 궁금했다. 직접 물어보진 않았지만.

"일종의 숍 인 숍 느낌으로 웨이트 존을 만들까 해."

"웨이트 존?"

전혀 궁금하진 않았지만 듣고 있단 걸 티 내기 위해 앵무

새처럼 끝말을 따라 했다.

"응, 필라테스에 웨이트 병행하면 최고거든. 필라테스는 가늘고 긴 라인 다듬는 덴 좋지만 대근육 만들려면 아무래도 중량 치면서 웨이트를 해야 하니까. 그래서 공간을 만들고 강사도 하나 고용할까 해."

"좋네."

"정말?"

"그럼. 사업가로서 염수미의 촉과 능력을 나는 신뢰해."

"고마워."

"내가 뭘 했다고."

"내 맘대로 살게 해주잖아. 자기처럼 간섭 안 하는 남잔 처음이야. 보통 남자들 이래라저래라 하잖아. 그 사람은······."

"옛날 얘기는 하지 말자."

"······응."

수미는 대학을 졸업하자마자 아버지 로펌의 변호사와 화려한 결혼식을 올렸었다. 누구의 강요도, 조건을 따진 셈속도 아니었다. 온몸의 피가 끓어오르는 듯한 열정이었다고 했다. 하지만 혼인신고도 하기 전에 그 열정은 식어버렸다. 100일도 채우지 못한 결혼이었지만 어쨌든 수미의 부모가 석진을 두 번째 사윗감으로 허락한 데는 이만저만한 사정이 있었던 셈이었다.

와인 한 병을 다 비워갈 때쯤 수미가 석진의 어깨에 머리를 뉘었다. 작고 앙증맞은 머리통에서 장미 향이 풍겼다. 석진이 수미의 정수리를 쓰다듬었다. 곤혹스러운 표정을 숨기는데 골몰하느라 수미가 흠칫하는 것은 느끼지 못했다.

"지훈이 녀석 퀴테스트는 잘 봤대?"

뜬금없는 석진의 말은, 수미의 유혹에 대한 완곡한 거절의 표현이었다.

"응. 다행히 강급되진 않을 거 같아."

수미가 차분하게 답했다. 석진의 옷에서 풍기는 싸구려 화장품 냄새. 명동에서 외국인 관광객에게 묶어 파는 알로에 마스크팩이나 달팽이 크림에서 날 것 같은 냄새에도 수미는 평정심을 가장했다. 어차피 수미는 석진에게서 만족을 구해본적이 없었다. 아니, 그 누구에게서도. 불감증에 가까울 만큼 성에 담백했지만 열아홉 살의 첫 경험 이후 관계를 멈춘 적은 없었다. 유혹의 결과는 귀찮았지만 유혹할 수 있는 자신의 역량을 확인하는 과정 자체가 흥미진진했다.

언제부터였는진 기억나지 않았다. 기억나는 건, 여드름투성이 교회 오빠의 눈에 자신이 비쳤다는 것. 그의 용기를 북돋우기 위해, 들고 있던 오렌지주스 병을 실수인 척 원피스에 쏟았다는 것. 젖은 원피스 속 몸을 그에게 보여줬다는 것. 처음 토슈즈를 신던 날부터 수미는 보이기의 전문가였다. 보는 존재보단 보이는 존재로 머무는 데 익숙했고 자신 있었다. 그저 자신이 잘할 수 있는 걸 했을 뿐이었다. 일련의 스크립트 뒤에 따르는 행위 자체는 체온과 타액과 체모가 뒤섞이는 불결함만 남겼다.

하지만 행위하고 있는 자신의 연기와 실루엣은 관능적이었다. 최선을 다한 연기라면 그것도 오르가슴이었다. 수미에게 섹스는 말초신경의 독점 관할 지대가 아니었다. 자기 자신에 대한 감각과 인지가 펼쳐지는 놀이터였다. 타인이란 거울이 온 사방에 달린 놀이터. 셜록 홈스가 왓슨을 추론의 스쿼시 벽으로 사용하듯 수미는 타인과 몸을 섞으며 그들을 제 몸을 비춰 볼 거울로 이용했다.

한 살 한 살 먹을수록 생리적 욕구는 희박해졌지만 타인의 욕구를 불러일으키고 싶은 욕구는 더 강렬해져만 갔다. 여전히 누군가에게 영향력을 행사할 힘이 남아 있다는 것을 강박적으로 확인받고 싶었다. 타인의 몸과 마음에 소용돌이를 일으킨다는 것 자체가 즐거웠다. 섹스는 그 즐거움 때문에 치러야 하는 일종의 기회비용이었다. 주니와의 관계도 시작은 그랬다. 석진에게 죄책감도 없었다. 거짓이 없기 위해서는 거짓이 필요하니까.

그런데 막상 석진에게서 풍기는 여자 냄새에 수미는 차갑게 가라앉는 분노를 느꼈다. 알 수 없는 상대에 대한 질투라기보다는 네까짓 게 어디 감히 싶은 마음이 컸다. 자신이 베푼 손길을 거부하는 석진의 수염을 후려치고 싶은 스스로에 놀랐다. 강아지 똥을 치우기 거부하던 옥란에게 느꼈던 바로 그 기분. 수미는 10년이 넘는 지난 시간 동안 자신이 석진을 동급의 존재로 여겨온 적이 없었다는 걸 깨달았다. 단 한 순간도.

"다음엔 요거트 말고 진짜 치즈 먹자. 술맛 안 나."

무안함을 풀어주듯 석진이 말했다.

"자기 콜레스테롤 수치 관리해야지. 그러지 말고 자기도 그릭요거트로 한 끼 때워봐. 등산 관두고 살 좀 붙었잖아."

"티 나나?"

"클라이밍 센터는 끊어놓고 왜 안 나가?"

"어쩐지 썰렁하더라고. 가짜 벽에 매달려서 내가 지금 뭐 하는 짓인가 하고. 꼭대기까지 가봤자 무슨 의민가 싶고. 산 탈 땐 안 그랬는데."

"다시 다녀. 자긴 키가 안 커서 좀만 쪄도 티 확 나."

"잔인하네."

"미안. 직업병이야."

"하하."

"내가 그때 이야기했나? 지안이라고, 학부모 모임에서 만난 요가원장."

"응, 무용했다는 사람?"

"그 요가원이랑 같이 일 좀 벌여보려고. 요거트랑 샐러드 업체 제휴해서 회원들한테 정기구독 서비스할 거야. 일종의 공동구매 중개인 셈이지. 강남 쪽 센터들은 다 한대."

"천재들이네. 역시 자기한텐 사업가의 피가 흘러."

"마진은 별로 안 남을 거 같지만 그래도 재밌잖아. 계약할 업체랑 공장도 정했어. 요거트 공장은 컨택하는 데 애먹었다니까. 아빠 도움 아니었음 어려웠을 거야. 거기 사장님이 얼마 전 방송에 요거트 달인으로 나오셔서 핫하거든. 여기저기서 줄을 대보려고 하는데 마침 아빠 로펌에서 도움받으신 게 있나 봐. 몇 년 전에 외국인 노동자 하나한테 데어서 소송까지 가셨다더라고."

"인천의 어지간한 사업장 중에 장인어른 인맥 안 닿은 데가 있겠어."

수완이 좋은 수미의 아버지는 남동구 중소기업들의 법률 자문을 전담하다시피 하고 있었다. 출입국관리법 위반 문제로 형사처벌 위기에 몰린 고용주들을 구제해내는 데 일가견이 있다고 했다.

"요거트 공장 직원들이 거의 여자래. 그래서 크라이오 테라피 체험권도 좀 나눠주려고. 일종의 기부랄까. 나도 자기 의료 봉사 하는 거 보고 자극받았어."

"크라이오 테라피? 회당 10만 원 넘는 거 아냐?"

"응. 그 기계 살벌하게 비싼데 놀고 있거든. 센터 회원들한 텐 인기가 없네. 3분 만에 800칼로리 태워준다니 솔깃하다가도 영하 100도라는 문구에 겁이 나나 봐. 사람들이 근성이 없어. 뭐 그러니까 몸이 그 모양이겠지만."

"차라리 필라테스 체험권은 어때?"

"안 돼. 티칭은 시간이 너무 들어. 그런 여자들 필라테스는 커녕 스트레칭도 해본 적 없을 텐데. 기본적인 신체 인지나 호흡도 안 되는 사람들 가르치는 거 진짜 힘들어. 그런 이벤트나 봉사 같은 건 강사들 학대야."

"멋지네, 염 원장. 당신은 장인어른 닮아서 대승적인 리더십이 있어. 성공할 거야. 염수미 씨, 부―자 되세요."

"내가 제일 좋아하는 말이네. 덕담 고마워."

"근데……."

"응."

"아니야."

"뭔데. 찝찝하게."

샐쭉한 표정으로 수미가 말했다.

"뭐 말하려고 했는데 까먹었어. 늙었나 봐."

"으이구. 오메가 스리라도 먹어."

석진은 속으로만 중얼거렸다.

'그 공장 자체가 직원들한텐 거대한 크라이오 기구일 텐데.'

삼킨 말이 헛기침이 되어 나오기 전에 서둘러 서재로 가야 할 때였다. 석진은 마음의 창을 하나하나 닫고 시스템 종료 버튼을 눌렀다.

수미의 전략은 적확했다. SNS에 도배된 의료봉사 사진 덕분인지 미진 내과는 바빠지기 시작했다. 간호조무사 한 명을 더 뽑았고 월요일 오전만 일해줄 대진의 공고도 메디게이트에 올렸다. 초여름 감기가 유행하면서 바빠진 탓에 석진은 의료봉사를 격주로 나가기 시작했다. 유화는 나타나지 않았다. 궁금한 한편으로 다행스럽기도 했다. 점점 발길이 뜸해지다 봉사 동아리 후배 녀석 하나를 대신 들이밀었다. 줄었던 헛기침이 심해졌지만 어쩐 일인지 수미는 짜증을 내지 않았다. 연달아 터지는 아이들 일에 석진이 발 벗고 나서주었기 때문이었다.

시작은 지훈이었다. 생후 3년째 되던 해 수미가 자폐 검사를 해보겠다며 난리를 쳤을 만큼 외곬으로 흐르는 아이였다. 어린이집에서도 친구들과 섞이지 못하고 벽에 몸을 붙이고 있었다. 암산은 잘했지만 대화를 주고받지 못했고, 한번 꽂힌 광고 카피를 주문처럼 읊고 다녔다. 그러던 아이가 말수가 늘고 밝아졌다. 지훈이 처음으로 친구에게 사탕을 건넸다는 유치원 교사의 전화를 받고 수미는 펑펑 울었다. 서서히 일어난 변화이긴 했지만 굳이 시점을 특정하자면 옥란을 고용한 때부터라고 봐도 좋았다.

하지만 가위 소동 이후 해고된 옥란의 자리를 채운 필리핀 시터는 면접 때와 달리 과묵했다. 영어 교육을 위해 채용했다는 게 무색할 정도였다. 맡은 일은 야무지게 해냈고, 요리도 제법이라 흠을 잡긴 애매했다. 하지만 지훈은 다시 예전의 모습으로, 그러니까 말이 없고 입이 짧던 아이로 돌아가고 말았다. 시터가 장을 보러 간 사이 둘만 남았을 때 석진이 넌지시 물었다.

"지훈아, 야나가 마음에 안 들어?"

아이는 멍한 표정을 짓다 고개를 가로저었다.

"그건 아닌데……."

"그럼?"

"……."

"말해봐."

"야나 아줌마는……."

"응."

"아줌마 떡볶이는 맛이 없어. 내가 해달래서 인터넷 보고 만들어줬는데. 이상한 맛이 났어. 아빠, 나 이모 떡볶이 먹고 싶어."

벌써 다른 집 산후 관리사로 일하기 시작한 옥란을 다시부를 순 없었다. 큰맘 먹고 직접 전화해 월급 인상 이야기도 해봤지만, 옥란은 의외로 단호했다.

"지훈 아빠나 애 엄마한텐 우습게 들리겠지만요."

원장님, 사모님 대신 지훈 아빠와 애 엄마로 호칭이 바뀌어 있었다.

"나 돈 때문에 그 집에 있었던 거 아니에요. 우리 사무소에서 나름 인기 있었어요, 나. 산후 관리사 할 때 산모들이 평점을 잘 줬대요. 나야 컴맹이라 모르지만 우리 소장 말론, 무슨 큰 맘카페에 내 후기도 올라왔다나. 다 지났으니 하는 말인데⋯⋯.

사실 그 집에 있을 때 소장이 그랬어요. 뭐 하러 한집에 그렇게 오래 있냐고. 미국 사는 돈 많은 한국 부부가 날 찾는다고. 왜, 미국엔 산후조리 문화가 없다면서요. 그 집 여자가 몸 풀고 조리를 해야 되는데 내 후기를 봤대요. 지금 받는 월급 두 배 줄 테니까 반년만 미국에 와달라고. 솔직히 흔들렸어요. 근데 입이 안 떨어지더라고.

지훈이, 영훈이 그것들을 그냥 돈 벌려고 키운 거였으면 뒤도 안 돌아봤어요. 지훈 엄마는 나한테 큰돈 줬다 생각하겠지만 입주 시터 월급, 그거 시급으로 치면 많은 것도 아니에요. 집은 60평이지, 택배가 하루에도 열몇 개씩 오지, 애 엄마는 잠옷까지 다려달래지, 얌전하긴 해도 남자애들만 둘이지.

나 혼자 하기엔 작은 살림이 아니었어요. 빨래 걷느라 잠깐 눈 뗀 사이에 애 팔뚝이라도 긁혀 있으면 애 엄마 퇴근할 때까지 밥도 못 먹고 끙끙거렸어요. 차라리 백화점 셔틀 몰 때가 맘은 편했지. 근데 지훈 아빠, 나 진짜 정성껏 했어요. 정성껏 키웠어요."

"알죠. 이모님."

"애 엄만…… 나 같은 사람은 자존심도 없는 줄 알겠지만 아니거든요. 내 자존심이었어. 지훈이, 영훈이가. 우리 같은 사람도 자존심 있어요. 지훈 아빠. 최선을 다했고, 이젠 정 다 뗐어요."

"……"

끊어진 전화기를 들고 멍하게 서 있었다. 강아지를 데리고 올 때도 버릴 때도 침묵하고 있던 자신이 떠올랐다. 옥란에 대해서도 자신이 비겁했다는 자각이 들었다. 유화에게 문자를 보내려다가도 그 생각을 하면 손이 멈췄다. 초아와 옥란에게 했던 일을 유화에게 반복하는 것일까 봐 이러지도 저러지도 못하는 새 또 다른 일이 터졌다.

영훈이 다니는 영어 유치원은 송도에서도 원비가 비싸기로 손꼽히는 곳이었다. 첫째 지훈이 세 살 때부터 보냈고 영훈까지 연달아 다니는 바람에 원장 부부와도 친분을 쌓아왔다. 순전히 붙임성 좋은 수미 덕이었고 석진은 꿔다 놓은 보릿자

루처럼 앉아 있을 뿐이었지만, 넷이 모여 와인을 마시기도 했다. 남자 원장의 내시경을 해준 적도 있었고, 여자 원장은 딸들을 수미의 필라테스 센터에 보냈다. 까다로운 송도 학부모들을 잘 주무르며 크고 작은 위기를 넘겨왔던 그들은 제법 규모가 커진 유치원을 비인가 국제학교로 만들려는 야심을 품고 있었다.

그러던 차에 사건이 터졌다. 원어민 교사의 허위 경력을 알게 된 학부모 하나가 문제를 공론화하고 나선 것이었다. 사태는 일파만파로 번져 송도의 숱한 영어 유치원 원장들이 전수조사를 받게 만들었다. 그 결과 교사 다수의 학력과 경력이 과장되거나 위조된 것으로 드러났다. 문제는 유치원이 그러한 사실을 인지하고도 그들을 고용했는지 여부였다. 당연히 원장 부부는 몰랐던 사실이라며, 자기들도 피해자라고 펄쩍 뛰었다.

석진은 그들의 말을 믿기 어려웠다. 코로나 이후 국내에서 외국어 회화를 가르칠 수 있는 자격을 주는 E-2 비자로 입국한 강사 수가 반토막이 났다는 뉴스를 본 적이 있었다. 이탈리아나 쿠바 사람을 고용하고 영어권 원어민이라고 속이는 경우도 비일비재하다고 했다. 자격증 가진 미국인이 송도까지 와서 파닉스를 가르치게 하려면 월 이백삼십으로는 부족했다. 일은 점점 법적 분쟁으로까지 비화될 조짐을 보였다. 유치원 학부모 중엔 인천지법 판사들도 몇 있었다. 수미와 석진은 영훈을 보낼 새 유치원을 알아보느라 애를 먹었다.

그날도 점심시간을 이용해 한 영어 유치원에 상담을 다녀온 참이었다. 이제 그게 그거 같은 커리큘럼을 외울 지경이었다. 아슬아슬하게 두 시 정각에 병원에 도착했다. 석진이 들어서자 대기실에 앉아 있던 환자들이 반색했다. 그런데 정작 데스크에서 석진을 맞이하는 윤 간호사의 표정이 애매했다.

"무슨 일 있어요?"

"저기……."

묵주반지를 낀 그의 손가락이 처치실 쪽을 가리켰다. 베이지색 커튼에 반쯤 가려 있었지만 침상에 앉아 있는 이가 누구인지 대번에 알 수 있었다. 유화였다. 손목에 감긴 붕대를 만지작거리던 유화가 석진의 시선을 느끼고 고개를 돌렸다. 예의 하얀 치마 아래, 어울리지 않는 국방색 장화를 신고 까딱거리던 발이 멈췄다. 치수가 안 맞는지 신발은 뒤꿈치에서 흘러내릴 듯 헐떡였다.

"일단 제가 소독이랑 드레싱은 했어요."

"오후 진료는 5분 있다 시작합시다."

"아까부터 대기하시던 환자분들이 있는데요."

"5분이면 됩니다. 진료실로 저분 먼저 보내주세요."

진료실로 들어가 의자에 앉았다.

"흠흠."

목에 툿이 섰다. 문을 열고 나타난 유화의 얼굴은 길 잃은 강아지처럼 멀뚱했다. 자신이 왜 여기 있는지 모르겠다는 얼굴이었다.

"의료봉사는 왜 안 나와요?"

침묵을 깨고 유화가 물었다.

"병원이 바빠져서요."

"축하해요. 내 이야기대로 됐네요."

"손목은 왜 그랬어요."

"먹는 것보단 긋는 게 낫잖아요. 원래 그런 용도니까. 칼은."

"그걸 말이라고 합니까?"

"아껴야 했어요."

"뭘요?"

"칼날이 하나밖에 안 남아서요."

도루코 면도날은 열 개가 한 세트라던 민준의 말이 떠올랐다.

"오후 진료 시작해야 해요. 마지막으로 물을게요. 왜 그랬어요."

"……."

"나 때문입니까?"

유화의 얼굴에 냉소가 스쳤다. 장화를 한번 내려다본 뒤 석진의 눈을 똑바로 보고 말했다.

"병원에 들어오려면 입장권이 필요했어요."

"네?"

"이 건물 말이에요. 꼭 노아의 방주처럼 생겼어요. 어릴 때 오빠랑 교회를 다녔죠. 연변에도 정부에서 허락하는 교단이 있어요. 모임을 할 때면 경찰이 들여다보곤 했지만 대놓고 막진 않았어요. 전도만 안 하면요. 그때 성경 공부 모임에서 목사님이 칠판에 노아의 방주를 그렸어요. 선택받은 자들만 탈 수 있다고 했죠. 그날 밤 악몽을 꾸고 오줌을 쌌어요. 방주에 친구들이 다 올라탔는데 나만 계단에서 미끄러져 추락했거든요. 불어난 물에 빠져 허우적거리는데 다들 나를 보고 가만히 있었죠."

"……"

"건물을 보고 그때 생각이 났어요. 이 방주에 저는 탈 수 없으니까."

"여기 이렇게 와 있잖아요?"

"임시 입장권이죠. 나 같은 사람은 돈이 아니라 몸으로만 살 수 있는 입장권. 그것도 이렇게 피를 흘려야 받을 수 있는. 누가 만져주는 손길이라도 받으려면 아파지는 게 제일 빠르더군요. 한국엔 병원이 많으니까."

석진이 유화를 바라보았다.

"엄청 추울 때도 내 피는 따뜻하데요. 그게 흘러나오는 걸 보고 있으니 마음이 편안했어요. 죽어 있는 것 같은 순간에도 내 심장이 열심히 뛰어서 온몸에 피를 보내고 있다는 게."

"살아 있다는 걸 확인하려고 그런 행동을 한다는 건가요?"

"당신 헛기침 같은 거죠."

뜨악한 표정의 석진에게 유화가 속삭였다.

"이렇게 따뜻하고 반짝이는 데 있으면서도 기침을 하는 이유를 알아요. 당신 속의 칼을 꺼내줄 사람이 없어서."

의자에서 일어난 유화가 석진의 턱 앞까지 왔다. 수염을 매만지는 손끝이 차서 등에 소름이 돋았다.

"여기서 이러면⋯⋯."

떨리는 석진의 입술을 유화가 제 입술로 덮었다. 벌어진 입속은 차가웠고, 비릿한 피 냄새가 났다. 모니터에서 윤 간호사의 메시지가 깜빡였다. 입속을 유영하는 물고기 같은 혀를 느끼며 배의 난간에서 떨어지는 환각에 빠져들었다. 여자가 반복해서 꾼다는 꿈처럼, 긴 추락, 깊은 허방이었다.

다음 날 병원 문을 닫기 직전, 유화가 상처를 소독하러 왔다. 부쩍 자주 들르는 장모가 올까 봐 가슴이 덜컹했다. 미리 알고 있었던지 윤 간호사가 그녀를 반갑게 맞았다. 두 사람은 그새 친해진 듯했다. 윤 간호사의 눈치가 빠른 것인지 무딘 것인지 헷갈렸다. 퇴근 후 지훈을 데리러 가려던 석진이 망설이

마스터뷰

다 전화기를 들었다.

"어쩌지. 갑자기 문상 갈 일이 생겼네. 어. 괜찮겠어? 그럼 오늘만 좀 부탁해. 미안."

수미에게 거짓말을 하는 석진의 입술을 유화가 집요한 시선으로 바라보았다. 붕대를 풀어 소독약을 바르고 새 붕대로 갈았다. 인턴 이후론 처음 해보는 드레싱이었다.

"잘 아물고 있네요. 상처가 깊지 않아서. 다시 올 필욘 없겠어요."

듣기에 따라선 냉정하게 느껴질 말이었다.

"홀가분한 말투네요."

"그럴 리가요."

"언젠 저더러 여기서 일하라면서요?"

장난스러운 표정이었지만 깊은 곳에 뼈가 있었다.

"그러지 말고 당신 집에서 일할까요? 당신네 대통령이 외국인 여자들을 가사도우미로 써보자고 하데요. 최저임금 안 줘도 되니까 좋을 거라고."

"뉴스를 안 봐 몰랐군요."

"나 요거트도 잘 만들고 밥도 잘 지어요. 큰아들이 서커스를 좋아한댔죠? 칼 삼키는 마술도 보여줄까요?"

"그만하고 일어나요. 기숙사까지 차로 데려다주죠."

지는 해가 강렬한 핏빛을 뿜고 있었다. 조수석에 앉자마자 유화는 눈을 감았다. 마스카라를 바른 속눈썹이 뺨 위에 그림자를 만들었다. 흔들리는 차의 리듬에 따라 그림자가 흔들렸다. 새카맣게 타버린 거미 다리가 마지막 발버둥을 치는 것처럼 보였다.

말없이 차를 몰았다. 터널을 지나 바다가 보이는 도로로 진입했다. 조수석 창문이 끝까지 내려갔다. 서해 바다로 붉은 핏덩이가 몸을 잠그고 있었다.

"이 도시는 불길해요. 바다를 메꿔서 육지로 만들었다죠? 얼마나 많은 것들이 죽었을까요?"

송도는 갯벌을 매립해 만든, 아니 만들어지는 중인 도시였다. 새로운 공구의 조성을 위해 시는 100만 평이 넘는 갯벌을 추가로 매립할 예정이었다. 여의도 면적 다섯 배의 바다를 없애고도 부족한 모양이었다. 공룡 같은 크기의 덤프트럭들이 새벽마다 모래를 실어 날랐다. 환경 단체들이 시위를 벌이고 성명서를 냈지만 검은머리갈매기와 노랑부리백로를 지켜야 한다는 그들의 주장은 공허하게만 들렸다.

수미가 알려준 기사를 보고서야 그 모래가 석진의 고향에서 온 것임을 알았다. 덕적도에서 바지선으로 채취해 온 해사만 2억 톤이 넘는다고 했다. 그렇게 사라진 바닷모래에 물고기들은 더 이상 알을 낳을 수 없었다. 서포리 해수욕장의 소나무들도 비스듬한 뿌리를 드러냈다. 결국 덕적도의 배들이 충남

마스터뷰

태안까지 가서 어업을 하는 우스운 일이 벌어졌다.

"나 돌아가요."

생각에 잠겨 있던 석진을 향해 유화가 속삭였다. 한 박자 늦게 되물었다.

"어디로요?"

"인사를 하러 온 거예요. 그러니 겁먹지 마요."

"겁이라뇨."

"겁냈잖아요. 내가 들러붙을까 봐."

"……."

유화가 가방에서 뭔가를 꺼냈다. 투명한 지퍼백 속에 면도 날들이 담겨 있었다.

"당신이 꺼내준 것들이에요. 정확히 아홉 개."

"이걸 보관하고 있었어요?"

"네."

"왜 나한테 줍니까."

"맡겨두는 거예요. 내가 다신 삼킬 수 없게."

"정말입니까?"

"그럼요."

"그렇다면 가지고 있지요."

"고마웠어요."

"……좀 갑작스럽네요. 언제 떠나요?"

"나, 아이를 가졌어요."

과속방지턱을 통과하는 석진의 옆얼굴이 심하게 흔들렸다.

"4개월 되었대요. 해룡 씨 아이예요."

"……."

"수영 선수로 키울 거예요. 혹시 내 불을 물려받았대도 식힐 수 있도록. 해룡 씨가 헤엄치는 법을 가르쳐주겠죠."

아직 밋밋한 배를 쓰다듬으며 말했다. 그 때문이었나. 그날 밤 자신이 유화의 몸 위에서 허둥대며 길을 잃었던 것이. 유화가 조수석에서 내리자마자 내비게이션에 마스터뷰를 입력하고 후진 버튼을 눌렀다. 석진의 스포츠카가 날렵한 몸을 틀어 움직이기 시작했다. 하지만 복잡한 머릿속은 계속 그 자리에 남아 공회전했다.

7장

피크 포인트

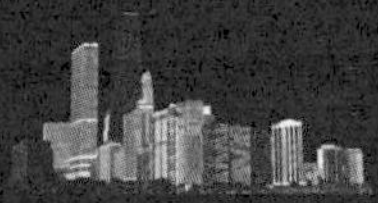

아침부터 헛기침이 멈추지 않았다. 장모의 대장 내시경이 예약되어 있는 날이었다. 그동안 대학 병원의 VIP 건강검진이 아니면 안 받던 장모였다. 위도 아니고 대장 내시경을 사위에게 받겠다고 해서 적이 놀랐다. 결혼한 지 10년이 넘었지만 장인 장모를 대하는 일은 서걱거렸다. 아니, 그들을 대하고 있는 자신이 서걱거렸다. 정신을 차려보면 충직하고 입 무거운 집사처럼 굴고 있는 제 모습이 보였다.

자수성가한 위인답게 다혈질에 독불장군인 장인보다 연한 배의 속살 같은 장모가 더 껄끄러웠다. 장모는 석진이 실제로 본 여자 중에 가장 아름다웠다. 세월은 미인의 얼굴을 함부로 밟아놓고 간다지만 장모를 보면 그런 것만도 아닌 듯했다. 수미는 크면서 제 어미만 못하다는 이야기를 숨 쉬듯 들었다 했다. 중학교 3학년 겨울방학 때부터 야금야금 손을 본 데는 그런 이유도 있다던 수미는, 첫 만남에서부터 성형 사실을 밝혔다. 자연미인과 성형미인의 차이는 산부인과 베드에서 태어났는지, 성형외과 베드에서 태어났는지 정도 아니냐며.

이세이 미야케 원피스를 입고 하느작하느작 움직이는 장모를 보고 있자면 별반 먹은 것도 없는데 살이 찌던 어머니가 떠올랐다. 배꼽까지 처진 가슴에 맞는 브래지어가 없어 두꺼운 방한 조끼로 유두를 가리고, 밀가루 더께가 앉은 홍두깨를 밀던 어머니의 팔뚝은 통통 부어 있었다. 왜 가난한 이들은 비슷비슷한 모양새의 몸을 갖고 있을까.

마취되어 누워 있는 장모를 보고 석진은 시험이라도 보는 듯 긴장이 되었다. 쉬운 케이스가 아니었다. 바람에 말린 생선처럼 얇은 몸에 제왕절개와 자궁 적출 수술 경험이 있었다. 하지만 걱정과 달리 시술은 수월했다. 3일간 흰죽만 먹더라는 수미 말대로 장 정결 상태도 완벽했고, 흔한 용종 하나 없었다. 환갑을 넘긴 수검자에겐 드문 일이었다. 수도승 같은 식생활의 결과물인 모양이었다.

"좀 어떠세요?"

장모가 깨어났다는 윤 간호사의 전갈에 석진이 회복실로 들어섰다.

"조금만 다정하게 대해주게."

프로포폴 때문에 평소보다 불분명한 발음으로 장모가 말했다.

"갑자기 무슨…… 수미 말씀이실까요."

"첫 결혼 때, 수미가 토하는 걸 그 자식이 봤나 봐."

"네?"

"난 걔한테 발레를 시킬 생각이 없었어. 얼마나 힘든지 뻔히 아니까. 지금도 아침에 일어나면 안 아픈 데가 없어. 그런데 어디서 튀튀를 보고 와선 밥 먹을 때 빼곤 빙글빙글 돌더라고. 데려간 학원에서 선생이 바람을 넣었어. 달란트를 타고났다고, 체형도 흠잡을 데가 없다고 했지."

마취에서 덜 깬 환자들이 횡설수설할 때가 있었다. 석진의 경험상 평소 점잖던 이들에게 더 흔한 현상이었다. 장모도 그런 경우인 모양이었다.

"장모님 피가 어디 가겠습니까."

"사춘기. 사춘기만 잘 넘기면 된다고 했어. 그게 무슨 예언이었을까. 초경을 시작하고 수미가 변했어. 직모였던 머리가 곱슬로 바뀌고 이마와 턱 밑에 여드름이 났다. 샐러드도 드레싱 없이 먹던 애가 초코파이 한 상자를 혼자 비웠어."

"무용할 때 음식 조절하느라 힘들었단 이야긴 들었습니다."

"조절? 조절은 된 적이 없었어. 새벽에 목이 말라 나와 보면 아이가 냉장고 문을 열고 서 있었지. 반찬통에 있던 진미채가 반 넘게 사라져 있었어. 손이 빨갛길래 피인 줄 알고 소리를 질렀지. 그 맵고 짠 걸 밥도 없이 손으로 집어삼킨 거야. 물이라도 좀 마시랬더니 울음을 터뜨렸어. 레슨이 끝나면 몸무

게를 재야 한다고. 조금이라도 늘어 있으면 선생이 화를 낸다고 했어. 지금 물을 먹으면 염분을 다 잡고 있을 거라고, 생수병 들고 체중계 올라가는 거랑 똑같다고. 침까지 뱉으면서 수분을 조절하다가도 한번 정신을 놓으면 냉동 피자 한 판을 먹었어. 데우지도 않고. 전자레인지를 돌리는 그 몇 분조차 참을 수가 없었던 거야. 탄수가 부족해서 잠을 못 자다가 폭식을 한 뒤엔 양치도 못 하고 쓰러졌어. 성적은 엉망이 되었고, 턱관절이 맞은 애처럼 부풀어 올랐어. 그래도 갠 발레를 놓지 못했어. 그러다 그 일이 일어났지."

처음 듣는 이야기였다. 제 몸에 들어가는 음식의 양과 질에 병적으로 깐깐한 수미에게 그런 과거가 있었다는 것을 믿을 수가 없었다. 게다가 냉동 피자라니. 그런 건 음식이 아니라 쓰레기라고 주장하던 수미의 목소리가 생생했다.

"어떤 일입니까."

"보이는 부분은 멀쩡해서 뒤늦게 알았어. 하루는 그 애가 방문을 열어놓고 옷을 갈아입더라고. 생전 그러는 법이 없었는데. 난 출근을 하려고 화장대 앞에 앉아 있었지. 안방 화장대 거울로 그 애의 알몸이 비쳤어. 레오타드로 가려지는 부분이 온통 피멍이었어. 달려들어 물으니 대답이 가관이었지. 엄마, 토슈즈 꿰매다 자꾸 바늘로 내 몸을 찔러. 안 되겠다 싶었지. 결국 그 어린 걸 호주로 보내버렸어. 결혼한 이모가 시드니에 살고 있었거든. 거기서 필라테스를 배운 거야, 우리 수미."

"⋯⋯."

"그러니 자네가 잘 대해주게. 가엾은 애야. 말이라도 한마디 따뜻하게 해주고. 실수해도 좀 봐줘."

"⋯⋯그러겠습니다."

그날 오후 진료가 끝나고 망설이던 석진은 문자를 넣었다.

　—우리 이번 주말에 제주도라도 다녀올까? 애들은 장모님한테 맡기고. 센터 확장 공사 들어가면 바빠질 거잖아.

수업이 없는지 바로 답이 날아왔다.

　—너무 좋지.

　—이번엔 호텔이랑 렌터카 내가 알아볼게. 매번 자기가 애썼잖아.

　—어디 아픈 거 아니지?

　—병원에 있긴 한데 아픈 건 아냐.

　—우리 셋째 낳을까? 나 닮은 딸로.

　—전개가 급진적이긴 한데 나쁘지 않지.

　—우아미 필라테스도 물려주고.

　—그래.

　—발레는 절대 안 시킬 거야. 공부도 안 시킬 거야. 남편 오는 시간

맞춰 보글보글 된장찌개 지글지글 고등어구이 그런 여자로 키울 거야. 예쁜 바보로.

—위대한 개츠비에서 데이지가 했던 대사랑 비슷하군.

—자긴 데이지랑 결혼한 개츠비니까 더 위대하지.

—영광스럽네.

연애할 때 가본 뒤 10년 만의 제주였다. 비가 추적추적 내렸지만 수미의 기분은 가라앉지 않았다. 평소엔 허리가 아프다며 습한 날에 맥을 못 추던 수미였다. 건강검진을 해보면 골밀도가 60대의 것이라고 했다. 흔히 말하는 F.A.T.(Female Athlete Triad), 여성 운동선수의 3대 증상이었다. 무월경, 식이장애, 골다공증.

방송 출연 장면을 외벽에 덕지덕지 붙여둔 횟집 건물로 들어섰다. 애매한 시간이라 그런지 손님이 없었다. 집게핀으로 머리를 틀어 올린 직원 하나가, 일회용 종이컵을 앞에 둔 채 수저통을 채우고 있었다. 탕탕 소리에 수미가 눈살을 찌푸렸다.

"줄 서는 맛집이랬는데……."

석진이 변명하듯 말했다.

"좋지 뭐, 우리가 전세 낸 것 같네."

공항 스타벅스에서 사 온 아메리카노 컵을 내려놓고 수미가 웃으며 손을 들었다. 직원을 부르는 것일 뿐인데도 놀랍도록 우아한 동작이었다.

"저희 메뉴판 좀 주세요."

"벽에 적혀 있잖아요."

익숙한 악센트였다.

"메뉴판이 없나요?"

뾰족해진 말투로 수미가 묻자 집게핀 여자가 느적느적 다가왔다. 누런 메뉴판을 던지다시피 하고 돌아섰다. 브레이크 타임 직전에 들어선 손님이 반갑지 않은 눈치였다.

"조선족한테 서빙시키는 식당 격 떨어져 보여. 그거 시급 얼마 차이 난다고."

수미가 다 들리게 투덜댔다. 테이블 위에는 정체를 알 수 없는 붉은 국물이 눌어붙어 있었다. 가방 안에서 위생 티슈를 꺼낸 수미는 테이블을 닦느라 정신이 없었다. 집중하느라 뾰족해진 하관이 영훈과 똑 닮아 있었다. 비행기는 자신이 알아보더라도 식당은 수미에게 맡겼어야 했다. 얼마 전 소래포구에서 먹었던 회 맛을 기억하며 횟집을 고른 게 실수였다.

그렇다고 수미가 깍쟁이는 아니었다. 파인레스토랑도 좋아했지만 자신이 나온 여고 앞 떡볶이집 무침만두도 먹을 줄 아는 여자였다. 백화점 명품관에서 산 트위드 재킷도 입었지만 아웃렛 매대의 원피스도 스스럼없이 집어 들었다. 그 정도

소탈함은 자신의 품격을 훼손하기는커녕 돋보이게 한다는 것을 알았다.

하지만 그런 수미가 참지 못하는 것이 몇 가지 있었다. 불친절한 서비스, 더러운 공중화장실, 반찬통을 꺼내놓고 먹는 밥, 두루마리 휴지 위에 올려둔 과자, 김치를 썰었던 도마에 밴 냄새. 먹고 싼다는 것, 그러니까 산다는 것의 맨얼굴을 수미는 견디지 못했다. 어릴 때부터 무대용 분장을 하고 살아서일까. 테이블 청소를 끝낸 수미가 스테인리스 물컵에 물을 따르더니 수저 두 벌을 꽂아 흔들었다.

"설거지를 제대로 했을 리가 없어."

집게핀 여자 쪽을 슬쩍 흘겨보며 수미가 중얼거렸다. 어느새 수저통 채우기를 끝낸 여자는 믹스커피인지 소주인지 정체를 알 수 없는 액체를 홀짝이며 비 내리는 차창을 바라보고 있었다.

"뭐 먹을까?"

"아무거나."

제 대답이 성의 없게 느껴졌는지 다리를 바꿔 꼬며 수미가 덧붙였다.

"자기 좋아하는 거 먹어."

"그래. 그럼 섞어서 시킬게."

음식이 나오는 데 시간이 걸렸다. 안쪽 주방에서 집게핀 여자의 남편 같은 이가 회를 치는 모습이 슬쩍 보였다. 그가 맨 방수 앞치마를 보자 덕적도의 아버지가 떠올랐다. 기어 나오려는 헛기침을 도로 밀어 넣었다. 마침내 나온 회 접시에 젓가락을 갖다 대려는 석진을 수미가 만류했다. 여러 각도에서 음식 사진을 찍은 뒤 식단 계정에 올려야 했다. 수미는 식단과 운동, 일상 사진을 올리는 계정을 따로따로 두고, 모든 계정을 센터 계정과 꼼꼼히 연동시켜 놓았다. 병원 홍보용으로 만든 석진의 계정도 태그했다. 남편이 의사라는 게 영업에 알게 모르게 도움이 된다고 했다.

"자기 봉사 사진 이후로 게시물이 없네. 콘텐츠 좀 고민해봐야겠어."

"회 사진은 말고?"

"자기랑 나는 다르지. 난 먹고 운동하는 게 다 콘텐츠가 되지만 병원은 다르잖아."

"그런가. 건강하려고 병원도 오는 거니까 관련이 있다면 있지 뭐."

"근데 자기, 나 화장실."

"응, 다녀와."

최근 수미는 빈뇨 현상에 시달리고 있었다. 조기 폐경과 함께 찾아온 갱년기 증상이었다. 수미가 엉거주춤 일어나 가게를 살폈다. 멀리서 그들을 바라보던 여자가 퉁명스러운 목소리로 외쳤다.

"옆 건물 2층. 비밀번호 1234."

혼자 남은 석진이 붉은 살을 씹고 있을 때, 집게핀 여자가 다가와 접시 하나를 내려놓았다.

"삐뚤이소라군요."

"어떻게 알아요?"

"저도 바닷가 출신입니다."

"여자분은 아닌 거 같던데."

"네. 아주머니는 어디서 오셨습니까?"

"알면서 뭘 물어요."

"저도 연변에서 온 친구가 있습니다."

여자가 픽 웃으며 말했다.

"그 사람도 친구라고 생각할지."

말문이 막혀 머뭇거리는데 미닫이문을 열며 수미가 들어섰다. 여자는 몸을 돌려 주방으로 가버렸다.

"화장실 깨끗했어?"

"염수미 사십 평생 최악의 화장실이었어."

"호텔로 갈까?"

"그래도 돼?"

"그러자. 여기, 회 좀 포장해주세요."

집게핀 여자가 한심하단 눈으로 수미를 훑어봤다. 신호를 어겨가며 렌터카를 몰고 간 호텔 화장실에서 수미는 한참 나오지 않았다. 타월로 만든 백조와 장미 꽃잎이 놓인 침대—호텔을 예약할 때 결혼기념일이라고 거짓말을 적어둔 덕이었다—에 누워 있던 석진은 깜빡 잠이 들었다. 눈을 떠보니 탁자 위 태블릿 화면에 아이들의 안경 낀 얼굴이 왔다 갔다 하고 있었다. 수미가 손 하트를 그려 보인 뒤 통화 종료 버튼을 눌렀다.

"안녕히 주무셨어요. 이 원장님."

"미안."

"미안하면 이제 본전 뽑으러 가시죠."

"1박에 130만 원짜리 오션 뷰 룸인데, 방에 있는 게 본전 아냐?"

"모르는 소리. 그 가격의 90프로는 인피니티 풀 값이라고."

수미의 등쌀에 석진도 따라나섰다. 호텔이 자랑하는 꼭대기 층의 인피니티 풀은 과연 근사했다. 몰려든 사람들은 동네 목욕탕을 방불케 했지만.

"개나 소나 다 부자 놀이라니까. 요새 애들 자기네들끼리 월 이백 버는 이백충이라고 자조하면서도 뻑하면 오마카세 먹고 해외여행 다니고 1박에 100만 원 넘는 호텔에서 자고. 소유보단 경험, 고성취보단 소확행, 입으론 잘도 떠들지만 무슨. 뭐든 해내본 게 경험이지 돈 쓴 게 무슨 경험이야. 우리 센터 회원들은 나이대가 있지만 가끔 대학생 애들 보면 기가 차."

"왜?"

"회당 8만 원짜리 레슨받고 2만 원짜리 샐러드에 요거트 배달받고, 스크린 골프 깔짝대다 테니스가 유행하니 옷만 샀다 관두고. 그 돈이 다 어디서 나오나 몰라. 안목도 없으면서 인증샷 찍으러 공연장 몰려드는 것도 웃겨. 발레의 발 자도 모르면서 발레코어룩이나 입고 다니지. 올림머리 하고 타이츠 신으면 다 발레리나인 줄 아나 봐."

너도 인증샷 찍으러 수영장 온 거 아니냐고, 너의 발레 레슨비는 누구 주머니에서 나왔냐고 물어보고 싶었지만 입을 다물었다. 참아야 하는 것은, 헛기침만은 아니었으니까. 한참을 기다려 명당자리에서 포즈를 취하면서도 수미는 조잘거렸다.

"호텔 숙박비랑 오마카세 가격 올렸으면 좋겠어. 거품 좀 빠지게."

듣고 있자니 이전 병원의 이사장이 떠올랐다. 병원장의 아내이자 전문직 여성 협회장이었던 그녀는 입만 열면 골프장 그린 피를 올려야 한다고 열변을 토했다.

"웃어봐."

입막음을 하듯 석진이 말했다. 그제야 말을 멈춘 수미가 화사한 미소를 지었다. 늘 똑같은 이의 개수, 턱의 당김, 입술의 각도. 보톡스와 필러, 연어주사의 정교한 연산 덕에 단 하나의 주름도 만들지 않고 웃을 수 있는 얼굴. 카메라 렌즈라도 가운데 끼워 넣어야 그 얼굴을 견딜 수 있을 것 같았다. 손으로 연방 셔터를 누르고 있을 때 저 멀리에서 비슷한 미소를 지으며 노을빛 칵테일을 홀짝이는 여자가 보였다.

"저거 사다 줄까? 사진 잘 나올 거 같은데."

"서당 개 10년이면 풍월로 랩을 하네."

어깨를 으쓱해 보이며 물 밖으로 나와 타월을 걸쳤다. 중문 해변 뷰가 펼쳐진 루프톱 바의 이름은 피크 포인트. 미끈한 남자 직원이 석진을 향해 웃으며 메뉴판을 건넸다. 목록은 단출했다. 피크 시그니처 칵테일 두 종류와 약간의 스낵. 여기서는 아무도 긴 글자를 읽으며 선택의 부담을 짊어지고 싶어 하지 않는다는 점을 꿰뚫은 듯했다. 원하는 칵테일이 있으면 바텐더에게 말하라는 친절한 설명이 각주처럼 붙어 있었다.

"칵테일 하나씩."

"네. 할망 옹기 하나, 비파 코코 하나 준비하겠습니다."

앙증맞은 장독대 모양 잔에 담겨 나온 할망 옹기는 리큐어와 감귤 베이스의 칵테일이었다. 재치는 있었지만 수미 취향은 아닐 성싶었다. 아내의 소품이 될 칵테일은 파르페를 연상시키는 현란한 비주얼의 비파 코코였다. 럼과 요거트, 비파 주스를 섞고 코코넛 칩을 올렸다는 설명만 읽어도 혀뿌리가 달큼해졌다. 어느 바에나 있는 피나 콜라다에서 파인애플 주스만 비파로 바꾼 모양이었다.

'제주에서도 비파가 나나 보군.'

유화가 들려준 비파 이야기가 생각났다. 양손에 칵테일을 들고 수미의 곁으로 갔다. 그때 수영장에 화려한 조명이 들어왔다. 공기의 질감이 끈적해지면서 분위기가 묘하게 바뀌었다. 직원들이 카바나 사이의 공동空洞을 분주하게 오가더니 무대가 만들어졌다. 피크 포인트의 유명한 저녁 공연이 시작되려는 모양이었다.

잔털 하나 없이 강박적으로 틀어 올린 머리의 여자가 등장했다. 목 위로 끝까지 단추를 채운 검은 블라우스에 바지 차림이었다. 뒤따르던 직원 두 명이 의자에 앉은 여자 앞에 하프를 내려놓았다. 벌거벗고 물에 담겨 있는 사람들 가운데 수녀 같은 입성이 블랙코미디처럼 느껴졌다. 하피스트는 몇 번 음을 고르더니 인사도 없이 거두절미 연주를 시작했다. 자신의 몸보다 큰 악기를 안고 일곱 개의 페달을 물 위를 걷듯 유영해 나가는 여자는 흡사 흑조처럼 보였다.

한 악장의 연주를 끝낸 여자가 손수건으로 이마를 닦으며 일어섰다. 기대 이상으로 훌륭한 연주였지만 청중의 반응은 미지근했다. 수미가 석진에게 귓속말을 했다.

"제법인데."

"잘하는 거야? 난 막귀라 클래식은 몰라. 선율이 동양적이

긴 하네."

"막귀 아닌데? 성스러운 춤과 세속적인 춤. 방금 연주한 건 1악장 성스러운 춤. 드뷔시가 일본 판화에 꽂혀 있을 때 쓴 곡이라 동양적이지. 왜 저걸 골랐담. 사람들 잘 모르는데. 솔직히 이런 데선 디즈니 OST 편곡해서 연주하는 게 반응 좋을 텐데."

"당신은 어떻게 알아?"

"무용하다 보면 클래식엔 빠삭해지지. 근데 드레스도 안 입고 인사도 안 하고. 매너가 좀 그러네."

"그런가."

"얼굴에 궁기가 흘러. 하프 배웠다면 어릴 때 좀 살았을 텐데. 왜 여기 와서 저러고 있을까."

그때 하피스트가 무대 바로 앞에 앉은 관객에게 다가갔다. 바주카포 같은 카메라를 들고 연주 동영상을 촬영하던 관객이었다. 의자에 앉은 관객 앞에 서서 허리에 손을 얹은 여자는 제법 키가 컸다. 여자가 남자의 카메라를 가리키며 고개를 저었다.

"영상 촬영은 안 됩니다."

섬세한 연주와 달리 걸쭉한 탁성이었다. 흥미로운 떡밥을 문 사람들의 시선이 쏠리자 남자가 목소리의 데시벨을 높였다.

"그런 사전 공지는 없었어! 게다가 인터넷에 연주 영상 돌아다니던데 뭘 새삼."

"안 됩니다, 영상 촬영은."

도치로 반복하는 여자의 표정이 칼날처럼 차가웠다.

"새삼 싫을 수도 있지."

석진이 속삭이며 여자의 편을 들자 수미가 픽 웃었다.

"그런 게 싫으면 이런 일 하면 안 되지."

"이런 일이 어떤 일인데?"

"얼굴 팔리는 일."

"그럼 요요마나 랑랑도 얼굴 파는 거야?"

"저 여잔 그 급이 아니잖아."

"호텔에서 연주하면 얼굴 파는 일이고 카네기홀에서 연주
하면 궁극의 예술이다?"

"자기 요새 진짜 짜증 나게 구는 거 알아? 1절만 해. 술 깨
잖아."

석진은 입을 다물었다.

"웃자고 한 이야기에 죽자고 덤비는 거, 그것도 스스로에
대한 과대망상이야."

수미가 이죽거렸다. 그사이 하피스트와 관객의 실랑이도
절정으로 치닫고 있었다. 결국 관객은 호텔 매니저를 불러냈
다. 동영상 촬영이 금지되어 있다는 규정을 매니저가 언급해
보았지만 별무소용이었다. 결국 그가 시킨 술과 치즈 플래터

의 값을 받지 않고 추가로 일식당 식사권까지 제공하기로 한 뒤에야 관객의 분노가 소강상태로 들어갔다.

뜻있는 눈짓을 남기고 간 매니저가 사라지자 2악장 연주가 시작되었다. 세속적인 춤. 경쾌한 왈츠와 싸한 분위기가 묘한 아이러니를 이룩했다. 관객들은 다시 먹고 마시는 일에 집중하기 시작했다. 하피스트를 끝까지 주시하는 것은 석진뿐이었다. 단추 위로 드러난 여자의 목덜미에 소름이 돋아 있었다.

"추워 보이네."

"좀 춥네. 데워줄래?"

자기한테 하는 말로 착각한 수미가 말했다. 굳이 해명하기도 우스운 일이었다.

"방으로 가자."

석진이 눈치 빠르게 대답했다. 만일을 위해 제 이름으로 처방받은 약이 비타민 약통 안에 있었다. 실패에 대한 두려움으로 정량의 두 배를 삼키고 사각거리는 침구 안으로 들어갔다. 다행히 해야 할 일을 무사히 해냈다.

다음 날 아침 1층의 헬스장에서 공복 유산소를 마치고 온 수미와 한 번 더 몸을 섞었다. 밝은 아침 햇살 속에서 본 수미의 옆구리에 새끼손톱만 한 타투가 보였다. 어젯밤엔 어두워 보지 못했던 것이었다. 새긴 지 얼마 안 된 듯 홍조와 부기가 남아 있었다. 염색이 요란하거나 문신이 많은 강사는 채용하지 않던 수미여서 의아했다.

'저 날개 모양 타투를 어디서 봤더라.'

기억을 더듬어보았지만 생각이 나질 않았다. 호텔 앞 스타벅스 리저브에서 제주 흑돼지 샌드위치로 아침을 먹었다. 한입 베어 물곤 고기 냄새가 난다며 내려놓은 수미는 그릭요거트로 입을 씻었다. 손바닥 반쪽만 한 요거트가 샌드위치보다 비쌌다. 가격의 대부분은 내용물이 아니라 유리병이 차지하는 듯했다.

요기를 마친 후 테디베어 박물관으로 향했다. 봉제 인형에 집착하는 영훈을 위해서였다. 깔끔 떠는 지훈은 먼지가 난다며 질색했지만 영훈은 굴하지 않고 인형을 모아왔다. 또래들이 좋아하는 로봇이나 공룡엔 관심이 없었다. 그런 영훈을 걱정하면서도 수미는 의사 가운 입은 테디베어 두 개를 구입했다. 박물관 여기저기 몰려다니는 중국인 단체 관광객들에게 틈틈이 경멸의 시선을 던지는 것도 잊지 않았다.

예약해두었던 승마 체험을 마치고 해안가 대형 카페에서 성게알 파스타까지 먹은 다음 느긋하게 드라이브를 하다 호텔에 들어서자 저녁이었다. 제주에서의 두 번째이자 마지막 밤. 방에서 쉬고 싶은 석진과 달리 수미는 해피 아워를 즐겨야 한다고 우겼다.

"룸서비스 시켜 먹고 쉬는 게 어때."

"이봐요, 이 원장님. 삶이란 결국 노는 데 쓴 시간과 기억만 남기고 우주의 먼지로 사라진답니다."

"피곤한데."

"피로는 누워서 푸는 게 아니라 움직이면서 푸는 거야."

수미는 오늘을 위해 구입한 붉은 원피스를 입고 칵테일 바로 향했다. 석진도 하릴없이 긴바지로 갈아입고 슬리퍼 대신 토즈의 드라이빙 슈즈를 신었다. 어제의 하피스트는 일곱 시가 되어도 나타나지 않았다. 대신 그랜드피아노 한 대와 스탠딩 마이크가 설치되어 있었다. 짧은 안내문이 붙어 있었다. 오늘만 공연이 여덟 시에 시작하니 투숙객분들의 혜량을 바란다는. 누군가를 급히 섭외한 모양이었다. 제법 구색을 갖춘 요리들을 맛보다 보니 여덟 시가 되었다.

인어공주의 비늘처럼 반짝이는 스팽글 드레스의 여자가 나타났다. 벌거벗은 듯 보이는 베이지색 옷감은 바늘 하나 들어갈 틈도 없을 만큼 피부와 밀착되어 있었다. 주름을 잡은 앞섶 사이로 가슴 두 쪽이 동그란 능선을 그렸다. 어둠 속에서 조명을 받은 그것은 스쿱으로 푼 바닐라 아이스크림처럼 보였다. 남자 관객들은 끈적한 눈길을 던졌고, 어제의 바주카포도 그곳을 향해 플래시를 터뜨렸다. 그러거나 말거나 여자는 매혹적인 미소를 지으며 상체를 깊이 숙여 인사했다. 뜨거운 박수가 터져 나오자 여자가 피아니스트를 향해 눈짓을 했다. 익숙한 선율이 시작되었다.

"I dreamt I dwelt in marble halls……."

"뭐야? 자기 이벤트야?"

"그렇다고 치자."

눈을 흘기면서도 수미는 나른한 표정을 지었다. 그 곡은 두 사람의 결혼식 축가였다.

대리석 궁전에 사는 꿈을 꾸었죠.

가신과 농노들,

셀 수 없이 많은 재산,

무릎 꿇은 기사들,

내 손에 입 맞추는 구혼자.

하지만 나를 가장 기쁘게 한 건

당신이 여전히 날 사랑한단 것.

하지만 나를 가장 기쁘게 한 건

당신이 여전히 날 사랑한단 것.

노래가 끝나자 앙코르가 쇄도했다. 뜨거운 반응 속에서 세 곡이나 더 부른 가수가 숄을 두르고 퇴장했다. 석진은 자신이 꿈꾸었던 궁전에 대해 생각했다. 최고급 대리석이 깔린 미진 내과, 먼지 한 톨 없이 반짝이는 우아미 필라테스. 나를 가장 기쁘게 하는 건 뭘까. 수미를 가장 기쁘게 하는 건 뭘까. 진지해진 석진을 방에 버려두고 수미는 또다시 헬스장으로 갔다. 칵테일과 함께 나온 프레즐을 집어 먹었기 때문이라나. 하루에 두세 번씩 운동을 하는 자신을 짐 래트라 부르면서도 멈추질 못했다. 구토가 운동으로 바뀌었을 뿐 강박적 제거 행위라는 점은 같았다. 칼을 먹는 유화가 섭식장애일까, 남의 시선을 먹는 수미가 섭식장애일까.

혼자 남은 석진은 망설이다 방을 나섰다. 공연을 보았던 야외 수영장 뒷길로 빠지면 중문 색달 해변 쪽으로 난 산책로가 있었다. 이 호텔 투숙객만 이용할 수 있는 길이었다. 공기 중에 쪽빛 물감을 풀어놓은 듯한 밤이었다. 잠깐 사이에 기온은 뚝 떨어져 있었다. 팔뚝에 와 닿는 바닷바람이 서늘했다. 답답했던 가슴이 조금 트이는 듯도 했다. 처음부터 잘못 꿰맨 옷감에서 바느질 땀을 우두둑 틀어내는 것처럼.

덮어뒀던 기억의 장막 아래에서 위 내시경 사진을 동기들의 대화방에 올렸던 일이 떠올랐다. 혹시 자신이 카메라를 들이대던 관객은 아니었을까. 풍만한 가슴 대신 칼이 든 위에 군침을 삼키며 사진 찍는 관객. 닭살이 돋아 있던 어젯밤 하피스트의 목덜미. 유화도 그렇게 추웠을까. 몸을 섞는 순간에도 따뜻해지지 않던 그 몸. 생각이 제 꼬리를 무는 강아지처럼 빙글빙글 돌았다. 고민하다 전화기를 들어 연락처를 검색했다. 면도날. 그게 석진에게 저장된 유화의 이름이었다. 그리고 그 아래 열한 개의 숫자. 그것을 한참 바라보고 있을 때 수미의 얼굴이 전화기 화면 가득 채워졌다. 수신 버튼을 눌렀다.

"자기 어디야?"

"어, 색달 해변. 산책 중."

"뭐야, 혼자. 나도 그리 갈게."

"추운데."

"춥긴. 더워 죽겠는데. 기다려. 달빛 정기 좀 받고 하늘을 봐야 예쁜 딸 낳지."

대꾸도 하기 전에 통화가 종료되었다. 얼마 지나지 않아 국제학교 후드를 뒤집어쓴 수미가 나타났다.

'저걸 제주까지 입고 왔네.'

해맑게 양팔을 흔들며 다가오는 수미가 어린아이 같았다. 석진은 전화기 화면 속 '면도날' 글자를 길게 누른 후 삭제 버튼을 선택했다.

"엄청 깜깜하다."

"그러게. 누가 바다에 들어가 실종돼도 모르겠어."

석진의 말에 수미가 손뼉을 딱 쳤다.

"아, 실종 하니까 생각난다. 요거트 공장 협업 건, 미뤄질 것 같아."

"왜?"

"직원 하나가 유령처럼 사라지는 바람에 난리가 난 모양이야. 경찰 조사도 받고 분위기가 별로래."

"저런. 뭔가 갈등이라도 있었던 건가?"

"그런 문제일 린 없어. 사장님 엄청 좋은 분이거든."

"어디 있는 공장이랬지?"

"남동구. 거기 흑염소집 알지? 그 근처 공장 중에 제법 큰 데야. 아빠 말론 내실 있는 곳이랬어. 직원 복지도 좋고. 기숙사도 따로 있을 정돈데."

"……."

"요새 주문이 몰려서 원주에 공장 부지까지 사셨거든. 얼마나 신나 하셨는데 마가 꼈지 뭐. 이래서 외국인들 함부로 쓰는 거 아니라니까."

"외국인?"

"없어진 여자가 조선족이라나 봐. 비자도 얼마 안 남았는데 연장 신청도 안 하고."

"공장 이름이 뭐야?"

"소래요거트. 사장님이 인천 토박이셔. 소래포구 출신."

"소래……."

"좋은 소에서 온 요거트란 뜻이래."

"아……."

다음 날 아침 비행기를 타고 출근한 석진은 근무시간 내내 허공에 떠 있었다. 어찌어찌 일을 마무리한 후 멍하게 앉아 있는 그에게 윤 간호사가 말했다.

"원장님, 오늘 좀 이상하세요. 들어가서 쉬세요."

늘 같은 자리에 대놓던 차도 찾지 못해 한참을 헤맸다. 석진은 유화의 기숙사 쪽으로 차를 몰았다. 30분 넘게 달리다 마지막 다리 하나를 남겨두고 다시 차를 송도로 돌렸다.

그 주 일요일, 오랜만에 의료봉사를 갔다. 혹시나 했지만 유화의 모습은 보이지 않았다. 기계적으로 진료를 보고 있는데 부스에 들어선 이가 알은체를 했다.

"그때 그분 아니세요? 뚜껑 없는 차?"

목욕 바구니 여공이었다.

"맞습니다."

석진이 앞서가는 마음을 잡아 앉히며 고개를 끄덕였다. 유화에 대해 다짜고짜 물으면 의심을 살 것이 분명했다.

"수염 보고 기억했어요. 의사 선생님이시구나. 하긴 그렇게 좋은 차를 몰려면."

"어디가 불편하시죠?"

"속이 쓰려서요."

몇 마디 말을 주고받은 후 여자가 일어섰다. 석진이 묻기 전까진 나서지 않겠다는 눈치였다. 결국 석진이 먼저 입을 열었다.

"유화 씨는 찾았습니까?"

"못 찾을 거예요."

"왜죠?"

"걜 왜 궁금해하죠?"

"……."

"무슨 사인데요?"

"유화 씨를 치료한 적이 있었습니다."

"칼 삼켰을 때 빼준 의사가 그쪽이었나 보군요."

석진이 고개를 끄덕였다.

"걔가 처음부터 그랬던 건 아니에요. 우리 공장엔 조선족 애들도 있지만 나처럼 한국인도 있어요. 친하게 지내는 편이었죠. 사장님도 걔네한테 잘해줬어요. 당장 여자 기숙사만 봐도, 한국인은 네 명이 한방을 썼는데 조선족은 두 명이 한방을 썼으니까. 유화는 말수가 없는 애였지만 해룡이랑 사귀면서부턴 밝아졌어요. 다들 그 애와 해룡이를 보면서 기특해했죠. 건실한 애들이라고. 참, 해룡이 이야기는 아니요?"

"네. 연변에 먼저 가서 유화 씨를 기다린다고……."

여자가 픽 웃었다.

"해룡이는 우리 공장에서 인기가 많았어요. 사실 우리끼린 해룡이가 좀 아깝다고 했죠. 유화한텐 과분하다고. 생긴 것만큼 행실도 반듯했거든요. 뒷담화에 낀다든가 몸을 사린다든가 그런 게 없었죠. 쉬는 날에도 여자 기숙사에 고장 난 데가 생기면 수리해 줬어요. 우리가 용가이버라고 불렀는데……. 일머리가 빠르고 손재주가 좋았어요. 그러다 공장을 그만두고 송도에서 다른 일을 시작했어요."

"송도요?"

"선학동 쪽에 유화랑 살 집을 구했는데 월세 때문에 공장 월급으론 부족하다고 했어요."

"선학동……."

"지하긴 해도 두 계단밖에 안 된다고 해룡이가 얼마나 자랑하던지. 우리도 밤에 놀러 가서 술을 먹었죠. 난방을 얼마나 해놨는지 집이 뜨끈뜨끈했어요. 너네 부자네, 하고 우리가 놀렸더니 추운 게 지겨워서, 그러더군요. 둘이서 잠깐 그러고 살았어요. 그러다 사고가 난 거죠. 해룡이가 그렇게 가고…… 그때부터예요. 유화가 정신을 놓은 게."

"좀 더 자세히 이야기해 주십시오."

"이제 가봐야 해요. 디스크 때문에 정형외과 검진도 봐야 하거든요. 궁금하시면 신문 찾아보세요. 워낙 비슷한 기사들이 많아 쉽지 않겠지만."

여자는 말릴 틈도 없이 부스를 떠나버렸다. 그 뒤로 어떻게 진료를 보고, 집에 돌아왔는지 기억이 가물가물했다. 아이들의 인사도 받는 둥 마는 둥 하며 서재로 직행했다. 수미의 시선에 등이 따가웠지만 어쩔 수 없었다. 컴퓨터를 켰다. '조선족'과 '우해룡'이라는 검색어를 입력해보았다. 아무것도 나오지 않았다. '우해룡', '사고'도 마찬가지였다.

'조선족', '사고'를 입력하자 지나치게 많은 기사들이 쏟아져 나왔다. 며칠 밤을 새워도 다 읽기 어려울 정도였다. 막막한 기분에 모니터만 응시하고 있기를 한참. 석진은 '송도'라는 검색어를 추가한 뒤 엔터 키를 눌렀다. 교통사고나 밀입국 기사들이 우르르 떠올랐다. 헤드라인을 훑었다.

〈인천 O 빌딩 창문 닦던 조선족 노동자 추락사〉

같은 날짜에 송고된 기사가 서너 개 있었다. 제목은 조금씩 달랐지만 하나의 사건인 게 분명했다.

"흠, 흠."

떨리는 손으로 마우스 커서를 갖다 댔다. 해룡의 이름은 나와 있지 않았지만 한 곳의 기사에서 우禹라는 성을 밝히고 있었다. 꼭대기인 68층에서 시작해 두 시간가량 유리를 닦던 '우'의 작업용 밧줄이 빌딩 외부에 돌출된 철제 간판에 쓸리며 끊어졌다. '우'는 15층 높이에서 떨어졌다고 했다. 그네비계의 작업용 밧줄 외에 별도의 안전용 보조 밧줄을 설치하지 않은 것이 원인이었다. 수직 구명줄을 설치하면 걸리적거려서 통상 그래왔다는 동료 노동자의 증언도 인용되어 있었다.

1층에 있던 신호수와 현장소장이 뛰어갔을 때는 이미 숨이 끊어져 있었다. 현장소장이 벌금 500만 원을 내는 것으로 일은 마무리된 듯했다. 기사에는 추락 지점 근처에 널브러진 작업용 밧줄과 장화 사진이 삽입되어 있었다. 눈에 익은 장화였다. 기사 아래 댓글 몇 개가 달려 있었다.

　—짱깨들 그만 좀 받아라.

　—그러게 왜 한국까지 와서 민폐를 끼치냐.

　—실업급여 많이 타 가는 외국인 1위 조선족.

　—왜 외국인 죽은 기사를 메인에 띄우지? 중국인이 동포야? 할 일 더럽게 없네. 불쌍한 한국인들 기사나 내라. 기자야.

수영 선수가 되고 싶었던 남자 하나가 바닷가의 유리를 닦다 날개 없는 새처럼 추락했다. 더러운 신발 한 쌍만 남기고서. 그 남자의 아이를 밴 여자는 그걸 꿰어 신고 어디로 갔을까. 쓸 일이 없어진 면도날을 전복의 이빨처럼 제 속에 박아 넣었던 여자는, 지금 어디서 무엇을 하고 있을까. 자신이 면도날을 빼주었다는 것은 착각이었다. 그 여자 몸속엔 더 거대한 면도날이 박혀 자라고 있었으니까. 유리 건물의 벽을 타다 추락해 죽은 남자의 아이 앞에서, 클라이밍이 취미라며 웃었던 자신. 석진은 그때 그 펄펄 끓던 순댓국 뚝배기 속에 제 머리라도 박

아 넣고 싶은 심정이었다. 포즈 말고, 진짜 바닥으로 내려가 벅
벅 기어야 마땅했다.

8장

덕적도

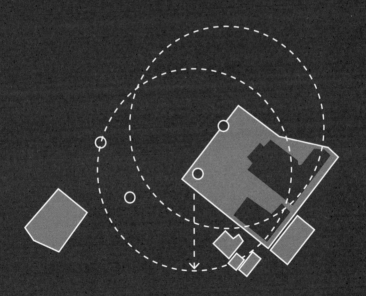

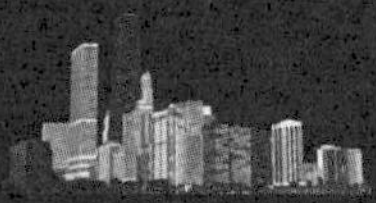

일요일, 석진은 나설 채비를 했다.

"오늘도 봉사 가?"

"당신이 시킨 거잖아."

"이렇게 진심일 줄은 몰랐지. 오늘 저녁에 내 동생 승진 파 틴 거 기억하지?"

"당연하지. 현석이랑 점심때 교대하기로 해뒀어. 오전 봉사 만 하고 올게."

"응. 그럼 난 공사도 감독할 겸, 애들 데리고 센터에 가 있 을게."

"먼지 많지 않겠어?"

"확장 안 하는 쪽은 괜찮아. 새로 뽑은 강사가 개인 레슨도 하고 있는걸."

"아, 웨이트 존 만들었다고 했지?"

"트레이너가 괜찮아. 성실하고. 오늘 지훈이 영훈이한테 줄 넘기랑 타바타 가르쳐주기로 했어."

"애들 운동이라면 질색이잖아. 지훈이 녀석은 낯가림도 심하고."

"웬걸. 며칠 전에 데려가 봤는데 형, 형 하면서 얼마나 따르
는지."

"희한하네."

"사람 끄는 매력은 타고나는 거니까."

오전 봉사는 평소보다 한가했다. 틈틈이 다른 부스까지 살
펴보았지만 유화도, 목욕 바구니 여공도 찾을 수 없었다. 점심
시간이 되어 나타난 후배 녀석의 어깨를 두드려준 후 소래포
구로 향했다. 처남을 위한 파티니 회라도 한 접시 사 갈 작정
이었다. 공영 주차장에 차를 대고 회 골목으로 들어섰다. 그러
다 붉은 글씨의 상호 앞에서 발이 멈췄다. 경상도 남자.

그때 그 주인이 물고기 배에서 내장을 뜯어내고 있었다. 수
조 속의 물고기들이 그 모습을 바라보고 있었다. 한 마리가 이
상했다. 산소 공급기에서 나오는 물방울을 따라 힘없이 몸이
떠올랐다. 불룩한 배를 내민 채 몸을 뒤치는 물고기의 눈이 유
화를 닮아 있었다. 어느 어리숙한 손님이 오면 주인은 죽어가
는 물고기의 배를 갈라 접시에 담을 것이다.

"어서 오이소. 어? 그때 그 손님 아인교."

"기억하시네요."

"쪼매 메란스러운 처자랑 왔다 아입니꺼. 거 손님에 비해
처자가 하도 여럽고 덧정 없게 생겨 가꼬 내 기억을 하고 있십

니더."

"저 물고기 살아 있는 건가요."

"무슨 물고기 말입니꺼?"

"수면에 떠 있는 물고기요."

"하모예. 잘 살아 있지예. 농어라 카는 놈들은 수조에 넣어 놓으면 수면 위로 다닙니더. 내사 죽은 물고기는 절대 안 씁니더."

"왜요?"

"말이라꼬 합니꺼. 사후경직이 와 가꼬 감칠맛이 뚝 떨어집니더."

뚝 떨어진단 그 말에 석진은 헛구역질이 났다. 몇 번이나 읽었던 신문 기사 속, 추락사란 단어가 머릿속에 맴돌았다.

"암튼 주세요. 회 치지 말고."

석진이 충동적으로 내뱉었다.

"집에 가서 손질해 드실라 카는거 보이 생선 좀 아시는 분인가 보네예. 서울 사람들 쫄깃한 회만 회로 쳐서 부들부들한 농어를 아래라 카지만 천지도 모르는 소립니더. 요새 같은 때는 농어 살 맛이 제대롭니더. 야들이 겨울은 깊은 데서 버티다가 여름 될라 카믄 연안으로 움직인다 아입니까. 카니까 지금이 살이 제일 달지예."

"그 뒤에는요?"

"그카다가 먹을 만치 먹으면 다시 바다로 간다 캅니더."

석진도 비슷한 이야기를 아버지에게 들은 기억이 났다. 광어나 숭어에 비해 살이 물러 인기가 없는 생선이지만 오뉴월 농어는 보기만 해도 약이 된다고 했다. 회를 떴을 때 보이는 검은 실핏줄은 수조에 오래 가둬두면 스트레스를 받아 생기는 것이라고도.

"피부 매꼬롬해지는 데도 좋고 얼라 낳은 여자 부기도 쫙 빼준다 아입니꺼. 회 칠 줄 안다 캐도 단디 해야 됩니데이. 까시가 억세 가꼬 쪼매 위험합니더. 어설프게 회 치다가 속에 까시 박혀 가 내시경 하러 간 낚시꾼들 천집니더."

"압니다."

"낚시 좀 합니꺼."

"……섬 출신입니다. 부모님이 식당을 하셨죠. 값은 얼마 드리면 될까요."

"키로당 3만 원…… 바닷가 사람이라 카이 9만 원만 주소."

"알았습니다."

주인이 시뻘건 비닐봉지에 물고기를 담는 사이 석진은 수조를 들여다보았다.

"수조에 있는 물고기한테도 먹이를 줍니까?"

"안 주지예. 물도 추저버지고 캐서 고기한테 안 좋습니더. 한 달 정도는 안 먹어도 멀쩡합니더."

덕적도

"잘 안 팔리는 애들은 배고파서 죽을 수도 있잖아요."

"하이고, 물고기들은 살 다 빠져 죽을 때까지 버팁니더. 이 짓 평생 해도 먹이 준 적 없심니더."

"그렇군요."

"여 있심더. 카고 우리 집 고기들은 스트레스를 안 받아 가꼬 살도 뽀얄끼라예. 참, 뱃속은 잘 살피고 드셔야 됩니데이. 옛날 옛짝 이야기라 캐도 어복장검이라 안 캅니까."

주인이 선비같이 음전한 얼굴로 농을 했다. 그걸 받아 들고 석진은 주차장으로 가 차에 올랐다. 조수석에 비닐봉지를 올려놓고 안전벨트를 채웠다. 물비린내가 훅 끼쳤다. 주인의 마지막 말이 귀에서 떨어지지 않았다. 어복장검. 오나라 왕을 시해하려던 자객이 물고기 속에 단검을 숨겨 요리했다던가. 식탁에서 물고기 배를 갈라 왕을 베었다 했지. 나는 이 농어를 들고 입궁할 것도 아니고. 어디로 가야 한담.

밖은 제법 땀이 날 지경이었으나 차 안의 공기는 서늘했다. 어쩐 일인지 오래도록 안 당기던 뜨끈한 국물을 식도에 들이붓고 싶었다. 어머니가 끓여내던 칼국수 국물 맛이 생각났다. 석진은 내비게이션에 아무것도 입력하지 않은 채 시동을 걸었다. 30분가량 차를 몰아 인천항 연안여객터미널에 도착했다. 근처에 국제여객터미널이 있어서인지 여기저기서 중국어가 들려왔다. 매표소로 가 코리아스타호 표를 끊었다. 아슬아슬하게 세 시 막배 표를 살 수 있었다. 차량 선적이 가능한 코리아익스프레스는 떠난 뒤였다.

어쩔 수 없이 차를 주차장에 두기로 하고, 조수석에 든 농어 봉지를 꺼냈다. 잠시 망설이다 글로브박스를 열었다. 면도날 아홉 개가 든 지퍼백을 반으로 접어 주머니에 넣었다. 육중한 선체의 코리아스타가 움직이자마자 휴대폰 전원을 껐다. 대학 기숙사에서 보낸 첫해, 석진은 이 배를 타는 꿈을 꾸곤 했다. 꿈속에서 배는 실제보다 빠르게 움직였지만 덕적도와 인천항 사이를 왕복만 할 뿐 하선이 불가능했다. 학점이 큰 생화학 강의 시작이 코앞인데 도무지 배가 멈추지 않았다. 땀에 젖어 깨보면 룸메이트가 걱정스럽게 석진을 바라보고 있었다.

덕적도에는 석진의 아버지가 칼국숫집을 지키고 있었다. 어머니가 죽은 지 얼마 안 돼 베트남에 가서 여자 하나를 데려왔다. 서른 살이나 어린 여자는 머리카락이 유난히 새카맸다. 가게는 돈을 만들지도 까먹지도 않으면서 근근이 버텨가는 모양이었다. 칠순을 앞둔 나이였지만 아버지는 여전히 낚시꾼들이 잡아 온 생선의 피를 빼고 살을 발랐다. 여자도 어머니가 하던 것처럼 홍두깨로 칼국수를 밀었다. 그 여자는 석진이 아이들을 데리고 이곳을 찾지 않는 이유 중 하나이기도 했다. 수미는 덕적도 이야기를 화제에 올리지 않았다. 언젠가 고마움을 표하자 예의 시원한 미소로 답했다.

덕적도

"원가족은 누구한테든 발작 버튼이잖아."

맥주 거품 같은 파도를 보고 있자니 비로소 정신이 들었
다. 내가 무슨 짓을 하고 있는 건가. 한 손에 들린 물고기를 보
니 피실피실 실소가 나왔다. 그제야 물고기를 바다에 풀어줄
까 하는 생각이 났다. 검붉은 봉지 안이 들여다보이지 않았다.
매듭을 풀었다. 농어는 배를 뒤집고 죽어 있었다. 눈알이 투미
했다. 살이 다 빠질 때까지 버틴다던 수조 속 물고기를 기어이
받아 나와 죽인 자신이 우스웠다. 가물거리는 기억을 더듬어
순환 버스를 탔다. 보건소와 면사무소를 지나 소야리 정류장
에 내렸다.

부러 천천히 걸어 석진칼국수 문을 열고 들어섰다. 저 간판
이 보기 싫어 떠났었지. 티브이를 보고 있던 아버지가 손님인
줄 알고 일어서려다 움찔했다. 석진은 아무 말 없이 고개만 숙
여 인사를 했다. 그나마도 시선은 티브이에 둔 채. 아버지가 어
정쩡한 자세로 석진에게 다가왔다. 한쪽 다리를 끄는 품이 작
년과는 또 달랐다.

"네가 어쩐 일이냐."

대답 대신 익숙한 감색 티셔츠를 바라보았다. 족히 수십 년
은 되었을 옷 위로 어루러기가 부스스 떨어져 있었다.

'영락없는 중늙은이가 되어버렸군.'

그 속에서 놀랍게도 지훈과 영훈의 얼굴이 보였다.

"그냥요."

"병원은."

"일요일이에요. 오늘."

"밥은."

"먹었어요."

"손에 그건."

"소래포구에서 농어 좀 샀어요."

"여기도 흔한 게 물고긴데 뭣 하게."

"……"

"이리 다오. 매운탕으로나 끓여주마."

"밥 먹고 왔다니까요."

석진은 어머니에게 가장 많이 했던 거짓말을 반복했다.

"그럼 소주나 한잔하자. 막배 타고 왔을 테고. 자고 갈 테지?"

"……"

"내일 병원은 어쩌냐."

"월요일엔 대진의가 오전 근무를 해요."

수미에게 말도 안 하고 온 길이니 아침 열 시 배를 타고 나가야 할 것이다. 처남의 승진 파티에서 수미가 무슨 핑계를 대고 있을지 자못 궁금했다.

아버지 뒤로 나타난 여자가 앞치마에 손을 닦더니 쑥 내밀

덕적도

었다. 얼떨결에 농어가 담긴 봉지를 건네며 석진이 말했다.

"냉장고에 좀 보관해 주십시오."

말없이 잔을 주고받기를 30분쯤 했을까. 여자가 바지락 칼국수를 말아 내왔다. 젖빛 김이 오르는 국물을 한 숟갈 떴다. 희한하게 어머니가 만든 국물 맛이 났다. 아버지가 이 여자를 어떻게 가르쳤을지 짐작이 갔다. 손은 어머니보다 큰지 아무리 발라내도 바지락이 화수분처럼 나왔다.

"애들은 잘 있냐."

"네."

수미의 안부는 묻지 않았다. 어색한 침묵이 묵지근하게 고여들었다. 껍데기 그릇을 올려두고 사라지는 여자의 뒤꼭지를 보며 아버지가 입을 열었다.

"피곤할 텐데 먹고 들어가 편히 쉬어라."

"네. 아버지도 쉬세요."

편히 쉬시란 말은 하지 않았다. 머리만 대면 곯아떨어지는 양반, 지붕이 무너져라 코를 고는 양반, 제가 휘두른 주먹에 맞아 코뼈가 내려앉은 아내 옆에서도 세상모르고 단잠을 자던 양반. 그런 아버지가 편안해서는 안 될 일이었다. 아버지는 걸 핏하면 어머니에게 손을 댔다. 어머니가 마을회관만 다녀와도 저년 속에서 화냥기가 솟아 저런다며, 또 어떤 새끼 빚을 갚아주려 하냐며 소리를 질렀다. 말뿐이 아니었다. 회를 뜨던 칼을 어머니의 두꺼운 허리춤에 들이대기도 했다. 그래서일까. 하루 장사 설거지가 끝나면 어머니는 의자를 밟고 올라가 칼이란 칼은 다 찬장 위에 숨겨두었다. 키가 작은 아버지의 손이 닿기 힘든 높이였다.

서울로 간 뒤 섬에 들르는 일을 최대한 피하던 석진은 자신을 속였다. 아버지도 나이가 들었으니 힘이 빠졌을 거라고, 더러운 성질머리도 조금 눅어졌을 거라고, 참고 산 세월이 있으니 어머니도 이제 와 갈라서긴 어려울 거라고, 다른 선택지를 택하기에 그들은 너무 늙었다고. 간간이 걸려오던 어머니의 전화엔 한발 늦은 문자로 응했다.

—무슨 일이세요, 어머니. 강의 중이라서요.

그럼 어머니도 다음 날쯤 별일 아니라며, 밥은 먹고 다니냐는 문자를 보내왔다. 아버지 얘기는 없었다. 냉골 같은 부엌에서 칼국수 반죽을 썰고 있을 어머니를 생각하면 인당수 간다고 떠나선 육지로 샌 심청이 된 기분이었다. 찜찜한 기분을 지우려 괜히 친구들과 피시방에서 밤을 새우고, 엄습하는 불안은 과외비 모은 것을 어머니 계좌로 이체하며 덜어냈다.

대학에서 만난 동기들은 외계인 같았다. 강남 8학군 출신인 아이들은 폴로셔츠와 에어조던 운동화가 색깔별로 있었고,

사진관 앞 가족사진의 막내처럼 늘 웃고 있었다. 적당히 선량했고 놀기도 잘 놀았다. 과일 안주를 재활용하는 게 분명한 호프집에서 맥주를 나눠 마실 정도로 털털했지만 다들 악기 서너 개쯤은 다룰 줄 알았다. 서울 시내의 여대마다 애인을 하나씩 심어뒀단 소문이 돌던 잘생긴 친구는 콘트라베이스를 했고, 게임에 빠져 유급 상태인 동기도 클래식 동아리에서 호른을 맡고 있었다.

학기 중엔 별로 체감되지 않았던 격차가 방학이 되니 두드러졌다. 스키 캠프로, 동아리 연주회 합숙으로, 뉴욕에 사는 친척 집으로 동기들이 뿔뿔이 흩어지는 동안 석진은 하루에 세 탕씩 과외를 뛰었다. 딱히 불만은 없었다. 안 좋은 패를 가지고도 게임을 해야 할 때가 있는 법이다. 석진에겐 이번 생이 바로 그런 때였다. 주말에도 기숙사에 남아 딱 토하지 않을 만큼 공부를 했다. 뭘 그렇게까지 하냐고 룸메이트가 물으면 석진은 웃으며 말했다.

"시골 쥐들은 말이야, 항상 뭘 그렇게까지 하나 싶을 만큼 해야 해. 노력도, 연기도, 서울말도. 도시 쥐 비슷하게 보이려면."

의대에 간 석진을 위해 고등학교 동문회는 6년 내내 등록금을 대납해주기로 했다. 하지만 그 장학금에도 최소 학점 조건이 있었다. 우습게 봤는데 그걸 넘기기가 쉽지 않았다. 눈 밑에 물파스까지 발라봐도 석차는 거의 변동이 없었다. 석진뿐만 아니라 대부분의 동기들이 입학 때의 석차를 졸업 때까지 유지했다. 과학고 출신 아이들이 머리 칸에 포진해 있었고, 자사고 아이들이 중간 칸, 일반고나 농어촌 전형 아이들이 마지막 칸이었다. 안과와 피부과는 언감생심이었다. 성형외과는 과의 특성 때문인지 의사들의 외모도 중요하다고 해서 제풀에 포기했다. 배를 타고 육지로 나가 인공관절 수술을 받고 오던 노인들을 떠올리며 정형외과도 고민해보았다. 하지만 조인트를 깔 만큼 군기가 세다는 소문이었다. 한국 사회에서 남자에게 요구하는 정도의 사회성을 보유하지 못했다는 것을 자각한 석진은 그 또한 포기했다. 외과는 애저녁에 선택지에서 지웠다. 칼이라면 신물이 났다.

칼국수를 반나마 먹고 아직 남아 있는 자신의 방으로 들어갔다. 누렇게 들뜬 벽지 가득 상장과 졸업 사진이 걸려 있었다. 여자가 넣어둔 아버지의 잠옷을 입기 싫어 팬티 차림으로 침대에 들었다. 어수선한 상념과는 달리 순식간에 잠으로 입수했다. 평소엔 한참을 뒤척이곤 했는데 그럴 정신도 없이 피곤한 몸이 까라졌다. 얼마쯤 지났을까. 시조새 로고가 선명한 아크테릭스 하네스를 찬 자신이 암장에 매달려 있는 게 보였다. 초크 묻은 손으로 벽에 돌출된 돌을 움켜쥐고 있었다. 어려운 코스도 아니었다. 평소라면 가뿐할 수준이었다.

하지만 아까부터 자꾸만 명치가 찌르르했다. 뭔가가 휘젓고 다니는 느낌이었다. 곁눈으로 보니 저만치 이미 정상에 가까워진 수미가 보였다. 보랏빛 브라톱 차림의 수미는 아름다웠다. 하네스 대신 국제학교 후드 티를 허리에 묶고 있었다. 그 옆에선 단단한 팔뚝에 날개가 새겨진 남자가 땀을 흘리고 있었다. 그들에게 뭐라고 말을 걸려는 찰나, 말 대신 헛기침이 새어 나왔다. 석진을 발견한 수미가 차가운 눈빛을 보냈다. 한기가 돋아 몸이 움츠러들었다. 순간 흐트러진 자세 때문에 팽팽했던 로프가 뱀처럼 꿈틀거렸다. 두려움에 로프가 묶인 허리춤을 내려다보았다. 매듭이 칼로 내리친 것처럼 비스듬히 잘려 있었다. 아래를 내려다보니 어느덧 암벽은 까마득한 높이의 유리 빌딩으로 바뀌어 있었다.

잠에서 깨었을 때 석진의 아랫도리는 몽정이라도 한 듯 축축하게 젖어 있었다. 벗어두었던 면바지를 주워 입었다. 소변을 보기 위해 거실로 나갔다. 불투명한 미닫이문 사이로 침실의 티브이 빛이 새어 나왔다. 나쁜 짓이라도 하다 걸린 것처럼 석진은 현관문을 열고 나왔다. 밤공기가 스테인리스 식기처럼 선득했다. 시멘트 계단을 내려와 1층 주방 앞에 섰다.

어느새 요의를 잊은 석진이 불을 켜며 한가운데로 들어섰다. 업소용 냉장고가 내는 수상한 소음이 공간을 가득 채우고 있었다. 자줏빛 고무 대야들이 쌓여 있는 주방은 빈말로도 깨끗하달 수 없었다. 타일 사이론 군데군데 붉은 물때가 끼어 있었고, 싱크에서는 수십 년 묵은 물비린내가 났다. 수미라면 입을 막고 헛구역질을 할 만한 풍경이었다. 생선을 손질할 때 아버지가 입던 시퍼런 비닐 앞치마가 벽에 걸려 있는 것이 보였다. 석진 자신이 내시경을 할 때 입는 일회용 가운과 비슷한 색이었다.

앞치마를 외면하며 침을 삼켰다. 작살 맞은 고래처럼 거친 숨을 뱉어내는 은색 냉장고 앞에 섰다. 유니크의 45박스 네 칸짜리 냉장고. 이 집안의 금고이자 사당, 내 어머니의 무덤. 힘을 주어 일체형 손잡이를 당기자 붉은 비닐봉지가 석진을 쏘아보았다. 봉지를 꺼내 싱크대 안의 빈 바가지에 넣고 매듭을 풀었다. 스르르 쓰러지는 비닐을 잡아 빼고 축 처진 농어를 도마 위로 옮겼다. 내시경실 베드 위에 누운 수검자처럼 무방비한 몸이었다. 바가지 속의 탁한 물을 버리고 수전을 비틀어 새 물을 받았다.

싱크대 옆의 칼꽂이에는 크기별로 정렬된 사시미 칼들이 누워 있었다. 가장 아래쪽에는 비늘을 치기 좋은 톱니 모양 칼 등의 야나기바가 우악스러운 위용을 뽐내며 놓여 있었다. 칼날 길이가 두 뼘은 족히 되어 보였다. 그 사이엔 중간 크기의 우스바와 하모키리, 아이데바, 맨 위에는 메이드 인 차이나 음각이 선명한 키조개 칼. 하나같이 날이 잘 갈려 있었다. 칼꽂이

덕적도

옆구리에는 고리가 달린 휴대용 칼이 얌전히 걸려 있었다. 아버지가 그것을 혁대에 달고 다니던 기억이 났다. 후나유키라고 하던가. 떨어뜨려도 물에 뜬다는 칼.

반수 끝에 의대 합격 발표가 나던 날 아버지와 어머니는 개업 이래 처음으로 장사를 쉬고 마을 잔치를 열었다. 가끔 짙은 화장을 하고 와서 주방 일을 돕던 풍산댁 아주머니가 들어서자 흥성대던 분위기가 착 가라앉았다. 이장도, 부녀회장도 어머니의 안색을 살폈다. 동네 사람들이 아버지와 풍산댁 사이에 대해 입방아를 찧어대는 걸 석진도 알고 있었다. 그러거나 말거나 평상에 걸터앉은 풍산댁은 맨손으로 돼지 수육 한 점을 집어 들었다. 새빨간 루주가 돼지비계에 묻어났다. 꽃무늬 몸뻬 바지에 기름 묻은 손을 슥 닦으며 풍산댁이 말했다.

"칼잽이 애비가 칼잽이 아들을 낳았네."

"그게 무슨 소리야?"

어머니가 되물었다.

"다들 오줌을 지리며 좋아하지만, 의사라는 직업도 더럽게 센 사주거든. 석진이 사주에 양인살이 있다고 내가 전부터 얘기했잖아."

"그만하지."

멈출 풍산댁이 아니었다. 남편과 아들을 바다에 잃고 혼자 사는 그녀에게 신기가 있다는 소문이 짜했다.

"쟤가 칼날이야, 칼날. 양인이라는 게 햇빛 아래 빛나는 칼도 됐다가 양 모가지 따는 칼도 됐다 하는 거거든. 잘 쓰면 활인도, 잘못 쓰면 살인도지. 의사도 칼잽인데 오죽하겠어. 지 애비가 칼잽이니 아들도 대를 물림받은 거지. 물고기 대신 사람 배를 가르겠네. 천의성에 양인살을 겸했으니 외과 의사가 딱이야."

어머니는 기미 가득한 얼굴을 흔들며 자리를 떴다. 풍산댁의 그 말은 붉은 입술 자국만큼 오래 기억이 났다. 그 말에서 달아나는 마음으로, 그 칼에서 도망가는 심정으로 소화기내과를 골랐다. 호스를 집어넣어 남의 속을 보기만 하고 돌아오는 일. 그게 편하고 좋았다. 내시경은 수검자 입장에서는 침습적인 행위였지만 의사 입장에서는 그렇지 않았으니까. 외과 수술은 달랐다. 상대의 몸에 칼을 넣고 피부를 가르고 장기를 꺼내야 했다. 그 물컹하고 미끄덩하고 뜨끈한 감촉. 석진은 그 어떤 것도 베고 싶지 않았다.

그런 내가 왜. 납득할 수 없는 힘을 느끼며 칼들을 바라보았다. 한 번만 저것들을 휘둘러 핏방울이 듣는 모습을 보고 싶었다. 엄두가 안 나는 야나기바 대신 아이데바를 뽑아 들었다.

농어의 목덜미를 칼로 비스듬히 잘랐다. 비린내가 훅 끼쳤다. 회를 직접 뜨면 피 냄새 때문에 맛을 못 느낀다던 사람들 말이 이해가 됐다. 두 손으로 농어를 들어 싱크대 속 바가지에 거꾸로 처박았다. 물에 잠긴 대가리에서 밤색 피가 아지랑이처럼 흘러나오기 시작했다. 차가운 물속으로 탁한 파문이 번지며 대리석 무늬를 만들었다.

이삼 분쯤 지났을까. 농어를 다시 도마에 눕힌 뒤 옆지느러미에 칼집을 냈다. 날개처럼 생긴 지느러미를 보자 얼마 전 왔던 환자의 타투가 생각났다. 수미가 새로 헬스 트레이너를 고용했다며 웃던 표정이 연달아 떠올랐다. 숨이 가빠왔다. 칼을 쥔 손에 힘이 들어갔다. 난도질을 하고 싶은 충동을 눌러앉히며 땀에 젖은 칼 손잡이를 바로 쥐었다. 피를 빼려고 잘랐던 턱 부분에 칼날을 끝까지 넣은 후 항문 방향으로 죽 베어나갔다. 물렁한 살들 사이를 칼날이 슥 관통하는 느낌에 목덜미 위로 소름이 올랐다.

벌어진 배를 엄지와 검지로 벌려 보았다. 배 안에는 칼도, 알도 없었다. 차게 식어 뻣뻣해진 내장뿐이었다. 농어 쓸개는 바다의 웅담이라며 따로 빼두던 아버지, 소주에 그것을 담가 먹던 남자들의 그을린 얼굴. 석진은 싱크대 아래 쓰레기통을 발등으로 감아 당겼다. 아버지의 습관이었다. 도마 위의 내장을 칼로 쓸자 후드득 소리를 내며 쓰레기통으로 추락했다. 잔인한 쾌감이 느껴졌다. 면바지에 혈흔이 튀었다. 점액과 피로 오염된 칼날을 닦을 차례였지만 부엌엔 키친타월이 없었다. 여전히 구두쇠인 모양이었다. 녹색 극세사 행주를 집어 칼에 묻은 것을 닦아가며 비늘을 쳤다. 정수리에서 차가운 땀방울이 흘러내렸다.

적당히 껍질을 치고 난 뒤 뼈 라인을 따라 타고 들어가는 느낌으로 포를 떴다. 가장 어려운 단계지만 능숙하게 해냈다. 자신도 놀랄 정도로 균일한 두께로 작업을 계속해갔다. 서당 개 10년이면 풍월로 랩을 한다던 수미의 말이 떠올랐다. 찬장을 열어 비닐봉지를 꺼냈다. 포 뜬 살을 찬찬히 담았다. 검은 핏줄이 미로처럼 올라온 살이었다. 그 위로 몇 개의 붉은 점혈. 유화의 피로한 얼굴 위에 깔린 기미를 닮아 있었다. 제집 물고기들은 스트레스를 안 받았다는 주인의 말은 거짓이었다. 석진에게 다들 그러하듯이.

생선살 한 점을 씹어보았다. 흙내와 바다 냄새, 칼 비린내가 섞여 풍겼다. 차가운 살이 부드럽게 뭉그러지며 잇새로 으깨져 나갔다. 줄이 잘려 추락한 남자의 몸도 이렇게 산산조각 났을까. 그 남자의 알을 품은 여자는 어디로 헤엄쳐 갔을까. 더러워진 오른손을 대충 바지에 문지르는데 불룩한 주머니가 만져졌다. 손을 넣어 지퍼백을 꺼냈다. 면도날 아홉 개. 석진은 제 턱을 문질러보았다. 까슬한 수염 사이로 불룩한 켈로이드 흉터가 만져졌다. 아직도 뜨거운 국물을 먹으면 가려워 오는 자리.

서울 살던 외삼촌이 철로를 베개처럼 베고 죽었을 때, 어머니는 눈물을 비추지 않았다. 그가 남기고 간 빚의 크기는 대단치 않았으나 문제는 그것을 갚을 이가 아버지라는 점이었다. 어머니의 애원에 하릴없이 보증을 서줬던 모양이었다. 아버지 인생의 세 번째 위기였다. 첫 번째는 제 아비를 바다에 잃은 중학생 때였고, 두 번째는 IMF 때 직장에서 잘린 뒤 고향으로 돌아와 식당을 차린 때였다. 입만 걸었던 아버지가 외삼촌의 장례식 뒤부터 손버릇이 나빠졌다. 세상에 떠도는 돈과 운을 낚는 데 실패한 자신에 대한 수치심을 어머니에게 떠넘겼다.

손으로 뺨을 올리던 것이 그릇이 되었고, 그릇은 다시 도마가, 그러다 급기야 칼이 되었다. 와중에도 대를 이을 외아들, 덕적도가 낳은 수재 석진은 불가침의 영역이었다. 칼끝은 올곧게 어머니만을 향했다. 술손님이 많은 가게에서 어머니가 누구와 말 한마디만 섞어도 그날은 집 안에 칼이란 칼이 모조리 날아다녔다. 용케도 사람은 맞히지 않았으나 벽지며 가구마다 칼침이 늘어갔다. 화장은커녕 스킨 로션도 발라본 적 없는 어머니에게 추파를 던지는 남자는 없었지만 아버지의 의심은 동굴 속 목소리처럼 증폭되어 갔다. 어느 해부턴가 저녁 식사 손님이 뜸해진 여덟 시가 되면 어머니는 집으로 올라왔고 1층 가게에 남은 아버지가 술손님을 받았다.

여덟 시부터 자정까지. 그때가 석진 모자의 유일하게 평화로운 시간이었다. 웅얼웅얼 천수경을 외며 콩나물을 다듬는 어머니 옆에 앉아 『수학의 정석』 실력편과 『성문 기본영어』를 공부했다. 담임은 교사용으로 나온 참고서와 문제집을 전교 1등인 석진에게 주었다. 영업을 마친 가게의 문이 잠기는 소리, 아버지가 흥얼대던 트로트 가락, 갈지자로 흔들리던 고무장화 소리, 혁대에 걸어둔 플라스틱 칼집 달랑대는 소리, 적요 속에 울려 퍼지던 즐거운 나의 집, 초인종이 울리자마자 뛰어나간 어머니를 향해 날아드는 발길질, 방문 안쪽에 기대앉아 헤드폰으로 귀를 막던 자신.

이웃들도 더 이상 식당 주방에서 미끄러졌다는 어머니의 말을 믿지 않게 되었을 때쯤, 석진의 얼굴엔 수염이 돋고 목소리가 탁주처럼 걸쭉해졌다. 남들보다 늦은 이차성징이었다. 고등학교에 입학한 후 처음 치르는 모의고사 전날 석진은 긴 문제집을 넘기며 씨름하고 있었다. 그때 요란한 비명이 라디오헤드의 지질한 가사를 뚫고 귓속을 두드렸다. 어지간한 매 찜질엔 소리를 내는 법이 없는 어머니였다. 석진이 헤드폰을 벗어 던졌다.

"찔러라, 이 개새끼야. 어서 죽이라고."

악에 받친 어머니의 목소리였다. 석진은 책상 세 번째 서랍을 열어 커터칼을 꺼냈다. 조용히 방문을 열자 거실 가운데 선 아버지의 등이 보였다. 어머니는 그 앞에 벌렁 드러누워 있었다.

"어서 찌르라고."

덕적도

어머니가 늘어진 내복 목둘레를 거칠게 움켜 내렸다. 노각
처럼 쭈그러진 가슴 두 쪽이 드러났다. 아버지가 혁대에서 칼
집 고리를 풀었다. 돌아서 있어 표정은 보이지 않았지만 어딘
지 당황한 듯 굼뜬 동작이었다. 어머니의 눈이 살기등등하게
희번덕거렸다. 갑자기 헛기침이 터져 나왔다.

"흠, 흠."

등 뒤에 선 석진의 기침 소리에도 아버지는 돌아보지 않았
다. 대신 그가 쥔 후나유키가 허공 위로 살짝 당겨지더니 젖무
덤 가운데로 낙하했다. 거의 동시에 석진의 몸이 비스듬한 포
물선을 그리며 앞으로 엎드러졌다. 수그린 몸으로 덮은 어머
니의 상반신이 불타듯 뜨거웠다. 아니, 뜨거운 것은 석진 자신
의 몸인 듯도 했다.

그때였다. 묽은 것이 주르륵 안경 안으로 흘러들었다. 왼
손으로 눈을 비비는데 어머니가 몸을 일으켜 앉았다. 그 바람
에 고개가 들린 석진이 아버지를 바라보았다. 그는 천치처럼
벌어진 입가에 침방울이 맺힌 채 제 손에 잡힌 후나유키만 내
려다보고 있었다. 그제야 석진은 아버지의 칼끝이 자신의 턱
을 스쳐 간 것을 알아차렸다. 나무 바닥에 후드득 핏방울 떨어
지는 소리가 음악적으로 들렸다. 석진이 오른손에 쥐었던 커
터칼을 드르륵 밀었다. 그 소리에 아버지의 얼굴에 공포가 스
쳤다.

아주 짧은 순간이었지만 그 표정이, 석진의 몸속에 불을 댕겼다. 다리가 벌떡 마루를 박차고 일어났다. 어머니가 짐승의 소리를 내며 울부짖었다. 그 소리가 신호라도 되는 듯 석진은 1층 가게로 뛰어 내려갔다. 주방 벽에 걸려 있던 푸른 방수 앞치마를 향해 접신한 무당처럼 칼을 휘둘렀다. 정신을 차려보니 넝마가 된 앞치마 앞에 자신이 서 있었다. 날이 밝자 석진은 교복을 입고 등교를 했고, 아버지는 새 앞치마를 입고 생선 배를 갈랐으며, 어머니는 조끼를 입고 밀가루 반죽을 썰었다. 평소와 똑같은 하루였다.

석진은 지퍼백에서 면도날 하나를 꺼냈다. 냉장고 옆벽에 붙은 거울 앞에 섰다. 소주 때문인지 칼국수 때문인지 부숭한 얼굴 하나가 나타났다. 아버지와 놀랍도록 닮은 남자. 욕지기가 치밀어 오르면서 헛기침이 났다. 침방울이 튀어 수염 끝에 농포처럼 매달렸다. 손에 쥔 면도날을 들어 턱에 갖다 댔다. 힘을 주어 움직이자 살갗을 타고 칼날이 움직였다. 쉐이빙폼 위에서 매끄럽게 미끄러지던 바버의 칼날과 달리, 뜨거운 작열감과 마찰력이 맨살에 그대로 느껴졌다.

바버가 해준 이야기가 생각났다.

"손님, 그거 아십니까. 남자가 다치는 원인 1순위가 면도랍니다."

"그럼 아내보다 바버한테 더 잘 보여야겠군요."

"그렇죠. 오죽하면 턱을 맡기는 게 신뢰의 상징이겠습니까. 게다가 저희 숍에서 쓰는 도루코 날은 워낙 공격적이라 어지간한 바버들은 꺼리는 편입니다. 저도 미군 부대에서부터 이일로 밥을 먹었는데 아직도 까딱하면 피를 보거든요."

그날 수다가 길었던 탓인지 면도 후 들여다본 거울 속 얼굴에 점혈 서너 개가 남아 있었다. 바버는 연신 손을 비비며 미안함을 표했다.

"죄송해서 어쩌죠."

"괜찮습니다. 원숭이도 나무에서 떨어지는 법이죠. 저도 가끔 내시경 하다 피를 보는데요, 뭐."

그 공격적이라는 도루코로, 그것도 날만으로 수염을 미는 일은 쉽지 않았다. 수염을 민다기보다는 살을 회 뜨는 격이었다. 날이 스치고 지나간 자리마다 각질이 일어나고 피가 배어 나왔다. 무시하고 계속 거뭇한 털들을 베어 나갔다. 드러나는 붉은 피부 위로 지렁이 모양의 켈로이드 자국이 기어 나왔다.

그날 밤 아버지의 후나유키가 남긴 상처는 사라지지 않고 부풀어 올랐다. 눈치 없는 이들이 가끔 흉터에 대해 물었다. 수염을 기르자 흉터는 절묘하게 가려졌다. 석진이 꼭 그런 모양으로 수염을 기를 줄 알고 칼집을 낸 듯싶을 정도였다. 하지만 뜨거운 국물이나 술을 먹으면 수염 아래가 미친 듯이 가려워 왔다. 지렁이를 얼굴에 풀어놓은 느낌이었다.

아버지는 칼국수를 먹으러 온 낚시꾼들을 위해 낚싯밥용 지렁이들을 준비해놓곤 했었다. 어린 석진은 자줏빛 대야에서 꿈틀대는 지렁이들을 보며 먹이사슬 최하층에 놓인 것들의 운명을 깨우쳤다. 위로, 위로 올라가야만 그 꿈틀거림에서 벗어날 수 있다는 것도. 하지만 암장의 돌들을 타고 올라가던 그 몸짓 자체도 벌레의 꿈틀거림일 뿐이었다. 차가운 대리석 궁전에서 기어도, 끈적한 갯벌 가운데서 기어도 지렁이는 지렁이였다. 삶의 어느 구석에서 튀어나온 돌멩이에 걸려 허리가 끊어질지 모를 일이었다. 유화의 면도날에 턱을 맡겼던 한 사내처럼.

양쪽 뺨의 면도를 어느 정도 마무리한 뒤 거울 속의 자신을 쏘아보았다. 입가에만 거뭇하게 남은 수염 때문에 석진의 얼굴은 기괴하기 짝이 없었다. 둘째 영훈이 좋아하던 피에로 인형 같기도 했다. 석진은 거울을 보며 입을 벌려보았다. 허옇게 마른 입술이 쩍 벌어지며 붉은 혀가 보였다. 천천히 면도날을 혀 위에 올렸다. 삼키는 대신 혀끝으로 가만히 돌려보았다. 수미가 와인을 음미하듯 자신도 칼 맛을 음미해볼 참이었다. 차가운 칼의 맛과 뜨거운 피의 맛이 미적지근함에 길들었던 석진의 혀뿌리를 잠식해나갔다. 유화의 입속에서 나던 비린 맛이었다.

바지 주머니에 손을 넣어 꺼져 있던 휴대폰을 꺼냈다. 옆구리를 눌러 전원을 켰다. 제주 바다에서 유화의 연락처를 삭제했던 기억이 났다. 혀 위의 칼을 뱉고 찬장에서 휴지를 꺼내 입을 닦았다.

그때 순대국밥집 휴지 위에 유화가 눈썹 연필로 써나가던 숫자가 떠올랐다. 전화기 화면에 환하게 불이 들어왔다.

불을 품은 눈에 마스카라를 바르는 여자, 바다 건너 땅에서 홀로 얼어가는 여자, 연인의 칼을 먹고 제 속을 베는 여자, 유리 방주를 향해 헤엄쳐 가는 여자. 그녀가 곧 자신의 남은 수염을 밀어주러 오리라는 예감이 들었다. 그때 석진은 그녀의 칼날에 제 턱을 맡길 것이다. 여전히 서로의 정체를 모른 채.

심사평

총평

─────────────

　제14회 혼불문학상 응모작은 총 282편이었다. 7인의 심사 위원은 중복심사를 거쳐 예심작 중 7편을 엄선하여 본심에 올렸다. 그리고 장편소설에 걸맞은 주제와 스케일, 이미 알고 있는 이야기가 아닌 작가만의 시선으로 발견한 새로운 질문, 대중성과 문학성을 동시에 갖춘 작품 등을 기준 삼아 논의한 끝에 『시티 뷰』를 제14회 혼불문학상 당선작으로 정했다.

　『시티 뷰』는 공간이 갖는 상징성과 장편소설에 부합하는 스케일을 동시에 보여주는 작품이다. 왜곡된 욕망의 구현은 결국 자기 내면의 상처와 대면하는 과정이라는 점을 송도라는 인공 도시와 입체적인 인물을 통해 탁월하게 드러냈다. 다층적인 복선과 상징이 플롯에 잘 녹아 있으며 인물의 내면을 냉정하게 묘사한 점 또한 효과적이었다. 상투적인 인물이 역할만으로 그치지 않고 복합적으로 그려졌다는 점과 함축적인 대화도 인상적이었다. 삶은 누구에게나 쉽지 않다는 진실을 치

열하게 쫓아가면서도 '인간에 대한 탐구'라는 소설 쓰기의 동
기까지 아우른다는 점이 믿음직스러웠다.

심사위원 추천평

문학작품에서 세계의 속물성을 재현하는 일에는 위험부담
이 따른다. 너무 실감이 나면 통속물이 되고, 지나치게 진지하
면 설교가 되기 쉽다. 『시티 뷰』는 이 문제를 클래식한 방식으
로 해결한다. 인물, 사건, 배경의 균형이다. 공간이 곧 소설의
주제이고, 거기에서 벌어지는 사건들은 각 인물의 세계관을
정확히 반영하고 있다. 안정된 문장과 흥미로운 대화, 특히 인
간을 이분법으로 나누지 않는 다양하고 깊은 캐릭터의 해석도
인상적이다.

『시티 뷰』 속에 담겨 있는 동시대인의 모습은 여러 질문을
남긴다. 현대적인 욕망의 세계에서 삶은 과시를 위한 동업일
뿐일까. 그 이면에서 전면에 나서지도 못한 채 좌절되는 다른
형태의 삶과는 아무 관련도 없는 것일까. 감추려고 했던 자신
의 왜곡된 자아와 결국에는 정면 대결하는 인물의 고통 속에
그 대답이 암시돼 있는 듯하다. **―은희경(소설가)**

여러 투고작 중 단연 잘 읽혔다. 장편소설의 내러티브에 대한 신념이 확고해 보이는 소설이었다. 잘 읽혀야 한다는 스토리텔러로서의 어필이 강렬했다고 할까. 나는 그걸 통속성으로 보았고, 도대체 그 통속성으로 무엇을 말할지 두고 보자는 마음으로 소설을 읽어갔다. 송도라는 최첨단 무국적 도시를 배경으로 그 이면에 도사린 우리 시대의 욕망과 허위의식을 그려보고자 하는 주제의식이 자칫 허술한 망루처럼 남게 될까 봐 염려했다. 작가는 의도를 한껏 밀어놓고 인물들의 복잡한 욕망과 그 욕망의 발원지를 면도칼로 저미듯 해부해간다. 마침내 내가 읽은 건 어느 인물도 형해화하지 않고 연민에 이르게 하는 삶이라는 비밀이다. 이 가짜 같은 도시에도 엄중한 삶이 진실처럼 엎드려 있는 것이다. 『시티 뷰』를 읽고서 나는 우리 시대를 조금은 알게 된 듯한 느낌을 갖는다. 여러 날이 지나서도 소설의 인물들이 또렷하다. —전성태(소설가)

『시티 뷰』가 정면으로 다루고 있는 두 명사는 바로 '강박'과 '향유'이다. 언뜻 거리가 멀어 보이는 이 두 단어는 실은 같은 나무에서 돋아난 같은 크기의 잎사귀이다. 강박이 크면 클수록 향유를 향한 갈망은 더 깊어지고, 더 섬뜩해지는 법. 그 상관관계를 구체적이고 설득력 있게 보여준 작품이 바로 이

소설, 『시티 뷰』이다. 스피디한 전개와 입말이 살아 있는 대화, 거기에 핍진성을 갖춘 캐릭터와 적절한 공간의 활용까지, 이 소설에 활용된 장치들 또한 모두 '강박'과 '향유'의 산물을 닮아 있다. 말하자면 이 작품은 몸으로 밀고 나간, 몸에 대한 소설이라는 것. 시대에 따라 몸의 지형도가 달라지듯, 우리에겐 언제나 새로운 몸의 서사가 필요하다. 그 드라마가 여기 있다.

—이기호(소설가)

『시티 뷰』는 육체와 자본의 다층적인 욕망을 상승과 하강의 구도로 거리낌 없이 구사한다. 고층 건물을 타고 오르는 욕망과 매끈한 유리벽으로 미끄러져 내리는 절망의 교차가 인상적이다. 우리 삶에 내재된 속물과 순정, 허위와 진심을 조망해 내는 '송도'는 어떤 인물보다 입체적이고 유기적이다. 이 소설을 통해 '송도'라는 공간은 한국 소설의 새로운 장소로 명명될 것이다.

—편혜영(소설가)

『시티 뷰』는 한국 사회 안에서 새롭게 형성된 중산층의 욕망을 신도시 송도라는 공간을 통해서 알레고리화하는 데 예술적인 성공을 거둔 작품으로 읽혔다. 장편소설이 갖추어야 할

서사 스케일, 대중성, 문학적 주제 의식을 모두 획득한 뛰어난 수작이다.

굴곡진 욕망의 구현이 자기 내면화로 번지는 심리적 갈등의 과정을 좋은 가독성을 통해 세련되게 이루어내고 있다. 휘발성 강한 소설이 넘쳐나는 요즘 장편소설이란 어떤 형상이어야 하는지를 다시금 일깨워준 작품이다. 필력 좋은 한국문학의 큰 보배를 발견한 듯하여 심사하는 내내 기뻤다. 좋은 작품 많이 써서 오래오래 훌륭한 작가로 남기 바란다. **ㅡ백가흠(소설가)**

욕망할수록 공허하고 성취할수록 허기진다. 채울수록 부족함이 보이고 가꿀수록 고쳐야 할 부분이 눈에 띈다. 보여지는 것 이상을 가져야만 드러나고, 먹은 것보다 더 많이 감량해야 한다. 현대사회의 성공은 깨진 독에 물 붓기와 다르지 않다. 콘크리트로 덮어서 육지로 만든 바다의 가장 밑바닥 생은 어떻게 되었을까. 사라졌을까? 모두를 내려다볼 수 있는 꼭대기까지 오르려면 정상을 응시해야 한다. 아래를 내려다보는 순간 추락할지도 모른다. 그러나 느낄 수 있다. 흔들리고 있다. 가라앉고 있다. 밑바닥에 결핍과 상처가 있기 때문이다. 온기가 닿으면 미친 듯이 간지러운, 아물지 않은 흉터처럼. 이 소설은 우리에게 묻는다. 자본과 계급이 존재 이유와 사랑의 의미까지 재단하는 현대사회에서, 욕망과 성취로 덮어버린 당신의 밑바닥에는 무엇이 있는지. 밑바닥의 꿈틀거림을 당신도 느껴본 적 있는지. —최진영(소설가)

『시티 뷰』에는 오늘날의 도시가 인간의 욕망을 대하는 태도와 방식이 잘 드러나 있다. 숨김과 감춤으로 주목을 피하는 게 아니라 드러냄과 내세움으로 보는 이들의 눈을 돌리게 만드는 것이다. 작가는 이 과정에서 폐기되거나 웃자라는 인물들의 감정에 집중하고 있는데 섬세하게 살피면서도 그 어떤 위선이나 위악을 내보이는 법이 없다. 아울러 작품을 아우르는 속도감 있는 대화와 단단한 문장력을 통해 작가는 소설이 가지고 있는 본래의 아름다움과 이를 읽는 기쁨을 정직하게 증명해낸다. —박준(시인)

작가의 말

현대소설교육론 강의를 10년 가까이 했다. 학기 초엔 「감자」의 복녀를, 중반엔 전후소설 속 병든 인간들을, 종강 즈음엔 '난쏘공'을 가르쳤다. 결핍, 결핍, 결핍. 마치 내 전공이 결핍인 것만 같았다. 정작 내겐 결핍이 없었다. 강의실에서만큼은 완전하게 행복했다. 나는 나를 바라보는 학생들의 눈동자에 취해 있었고, 그들은 내가 떠드는 말을 받아 적었다. 그들의 사랑을 받기 위해 현대소설 속의 불행을 전유했다. 남의 불행을 가르치며 행복하다는 것에, 안락의 옷을 입고 시계를 차고 가방을 멘 채 결핍을 논한다는 것에, 이따금 헛기침이 나왔다.

그것과 무관하게 강의는 머리카락과 같아서 다듬으면 다듬을수록 매끄러워졌다. 낙원구 행복동의 철거 계고장을 줄줄 외우면서 난쟁이 가족에 대해, 그들의 초라한 밥상에 대해 가르쳤다. 어쩌다 맨 뒷줄에 앉은 학생 하나가 복잡한 표정을 지으면 다른 학생을 보며 강의를 하면 됐다. "나는 심한 부끄러움을 느꼈다" 하고 가르치면서도 별반 부끄럽질 않았다. 더 이상 가난하지도, 부끄럽지도 않은 스스로가 견디기 어려워진 것은 마흔이 넘어서였다.

학교가 있던 신도시에는 번쩍이는 유리 빌딩이 많았다. 햇살을 받으면 그것들은 칼 같기도 하고 거울 같기도 했다. 나는 그것들의 투명한 아름다움을 바라보며 출근하는 것을 좋아했다. 그러던 어느 날, 상쾌한 시야를 가로막는 무언가가 보였다. 나는 점점 가까이 다가갔다. 줄에 매달려 유리를 닦는 이들의 회색 달비계가 위태롭게 흔들리고 있었다. 해마다 비슷한 추락 사고의 기사를 읽고, 놀라고, 잊었던 기억이 떠올랐다. 공교롭게도 옆 건물엔 새로 생긴 실내 클라이밍장의 홍보 현수막이 걸려 있었다. 붉은 글자들이 도시인의 억압된 야성과 본능을 되찾으라고 속삭였다. 바다를 메워 만든 그 도시엔 진짜 산이 없기도 했다. 곧 젊고 아름다운 육체들이 줄을 매달고 그 인공의 암벽을 오를 것이 분명했다.

거침없이 투명한 시티 뷰를 위해 유리를 닦는 사람과 스릴을 안전하게 감각하기 위해 가짜 암벽을 타는 사람. 한쪽은 지상으로 하강하고 있었고 한쪽은 정상으로 상승하고 있었는데 평행의 정의에 의거하여 그들은 절대 스칠 일이 없어 보였다. 줄에 의지해 오르내린다는 행위의 닮은꼴과 달리 그들 사이에는 무참하리만큼 아찔한 심연이 놓여 있었으니까. 그 사실을 도저히 삼킬 수가 없었다. 헛구역질이 났다. 그게 이 소설의 시작이었다.

마지막 줄을 쓰고 난 후 세수를 하고 거울을 봤다. 전과 다르지 않은 이목구비의 여자가 서 있었다. 바깥세상 역시 그럴 것이 분명했다. 아무것도 나아지지 않았을 것이다. 여전히 누군가는 가까운 이들이 던지는 모멸감과 먼 이들이 견지하는 무관심 속에서 떨거나 추락하거나 실종되고 있을 것이다. 나는 무력감을 느꼈다. 전에 없이 부끄러웠다. 그 부끄러움이, 새로운 용기를 주었다. 텍스트로만 덮어두려는 마음, 창밖으로만 구경하려는 마음, 문밖으로 걸어 나가지 않으려는 마음, 진짜 삶을 시작하지 않으려는 마음, 아무튼 나아지지 않으려는 마음. 그것들과 영원히 불화하며 살고 싶었다. 그 결심에 밑줄을 긋자 거울 속 내 얼굴이 한결 견딜 만했다.

아주 오래전 중학교 수업 시간, 도서관에서 빌려 온『혼불』을 교과서 사이에 끼워 읽던 여학생은 소설 속 허효원의 독백에 눈을 멈췄었다.

"산다는 것은, 그저 타고난 본능만은 아니지. 그것은 일이다. 일이고말고. 살아도 그만 안 살아도 그만일 수는 없지. 뜻한 것이 이루어지고 재미있고 좋아서만 사는 것이랴. 고비고비 이렇게 산 넘고 물 건너며 제 할 일을 하는 것이 곧 사는 것이다."

계속 살아서 할 일을 하라고, 곧 길을 잃을 게 뻔해 보이는 이에게도 출발선을 허락하신 심사위원 선생님들과 혼불문학

작가의 말

상 관계자분들께 깊은 감사를 드린다. 부박한 천성대로 많은 약속을 남발하고 싶지만, 입을 다물고 고요하게 바랑을 챙겨본다.

할 일을 하며 사는 이, 쓸 글을 쓰며 사는 이가 되겠다는 약속 하나만 남기고서.

우신영

시티 뷰

초판 1쇄 발행 2024년 9월 20일
초판 3쇄 발행 2024년 10월 16일

지은이 우신영
펴낸이 김선식

부사장 김은영
콘텐츠사업2본부장 박현미
책임편집 곽수빈 **책임마케터** 오서영
콘텐츠사업6팀장 임경섭 **콘텐츠사업6팀** 정지혜, 곽수빈, 조용우, 이한민, 이현진
마케팅본부장 권장규 **마케팅1팀** 박태준, 오서영, 문서희 **채널팀** 권오권, 지석배
미디어홍보본부장 정명찬 **브랜드관리팀** 오수미, 김은지, 이소영, 서가을, 박장미, 박주현
뉴미디어팀 김민정, 이지은, 홍수경, 변승주
지식교양팀 이수인, 염아라, 석찬미, 김혜원, 백지은
편집관리팀 조세현, 김호주, 백설희 **저작권팀** 이슬, 윤제희
재무관리팀 하미선, 김재경, 임혜정, 이슬기, 김주영, 오지수
인사총무팀 강미숙, 김혜진, 황종원
제작관리팀 이소현, 김소영, 김진경, 최완규, 이지우, 박예찬
물류관리팀 김형기, 김선민, 주정훈, 김선진, 한유현, 전태연, 양문현, 이민운
외부스태프(디자인) 위드텍스트 이지선

펴낸곳 다산북스 **출판등록** 2005년 12월 23일 제313-2005-00277호
주소 경기도 파주시 회동길 490
전화 02-704-1724 **팩스** 02-703-2219
이메일 dasanbooks@dasanbooks.com
홈페이지 www.dasan.group **블로그** blog.naver.com/dasan_books
용지 한솔피앤에스 **인쇄** 민언프린텍 **제본** 다온바인텍 **코팅 및 후가공** 제이오엘앤피

ISBN 979-11-306-4797-5 (03810)